福猫屋

お佐和のねこかし

三國青葉

講談社

目次

福猫屋

お佐和のねこかし

第一話　ねこかし

1

「ひゃあっ！」

仕事場でおやつの牡丹餅《ぼたもち》を食べていた繁蔵《しげぞう》が悲鳴を上げながらのけぞった。亮太《りょうた》が繁蔵のひざに子猫をのせたのだ。

キジトラの子猫がよじ登ろうと繁蔵の腹にしがみつく。

「は、はやくこいつをのけろ！」

ひたいに脂汗《あぶらあせ》を浮かべている繁蔵に、亮太がにやりと笑う。

「親方、もうそろそろ少しずつでも猫に慣れねえといけないんじゃねえですか。なんせここの家の商売ものなんですから」

「うるせえ！　嫌いなものは嫌いなんだ……ぶぇっくしょん！」

「嫌いじゃなくて、怖いんですよね。ってか、俺、不思議なんですけど、そのくしゃみはなんなんでしょう」

「猫の毛が鼻に入るんだよ」

「だって猫がいなくても、猫の話をするだけでくしゃみが出るときがあるじゃねえですか」

「知らねえ」

「自分のことなのに？」

「くっちゃべってねえで、さっさとこいつをどっかへやれ！」

そのとき、茶色いかたまりが繁蔵の胸に勢いよくぶつかった。「わっ！」と声をあげて繁蔵がひっくり返る。

次に自分めがけて飛んでくる茶色いかたまりから顔をかばおうと、亮太はとっさに右腕を上げた。

「痛《い》ってえ！」

床板にぽんと着地した茶色いかたまりを見て、お佐和《さわ》は思わず声をあげた。

「まあ、サクラ！」

サクラが子猫を口にくわえ、亮太をにらみつけている。背中の毛が逆立ち、尻尾《しっぽ》が大きくふくらんでいた。

「ひえええ。ごめんよ、サクラ。別にお前の子をさらったわけじゃねえ。親方を驚かそうと思って、ちょっと借りただけだったんだ。そんなに怒らねえでくれよ」

「サ、サクラのこの剣幕は、いったいどうしたってえんだ」

繁蔵が情けない声を出す。どうやら腰が抜けてしまったらしい。

「亮太が繁蔵さんのひざの上にのせた子猫はサクラの子なんですよ。それでサクラが怒って取り返しに来たんです」

「サクラのやつ、俺の胸を思いっきり蹴《け》っていきゃあがった」

ぶつぶつ言いながら繁蔵が自分の胸をのぞく。

「畜生、赤くなってやがる」

「親方はまだましですよう。俺なんか、腕をひどく引っかかれちまった。ああ、痛てえ……」

亮太が恨めしそうにひっかき傷をなめている。

「ざまあみろ。人をおちょくるから罰《ばち》が当たったんだ」

お佐和はそっとサクラの頭をなでた。サクラは如月《きさらぎ》の初めに子を四匹産んでいる。

近ごろの子猫たちは何にでも興味を持ち、怖いもの知らずだ。サクラも気が休まる暇《いとま》がないのだろう。

そこへきて亮太が子猫を連れ去った。サクラが怒るのも無理はない。

「ごめんね。亮太は罰として晩ご飯抜きにするから」

「おかみさんまでひどいことを言うのはよしてくださいよ」

「ひどいことをしたのはあんたのほうよ、亮太。サクラは新米おっかさんだからただでさえてんてこ舞いなのに。子猫をさらったりして」

「さらってませんよ。ちょっと借りただけです」

「そんなの猫にはわからないでしょ。店の座敷にいるはずの子猫の姿が見えなくて、どんなにサクラが心配したことか」

「すまねえ、サクラ」

「飯抜きで反省しろ」

「弟子の罪は親方の罪ですよう」

「馬鹿、そんなの聞いたことねえぞ。ぶぇっくしょい。……ああ、鼻がむずむずする。お佐和さん、猫を部屋の外へ出してくれねえか」

「はい」と言って、お佐和はサクラと子猫を抱き上げた。

「もうすぐご飯をあげるから向こうで待っててちょうだい。亮太の分のお魚はお前が食べていいのよ」

「うわあ、おかずなしだなんて……」

「贅沢《ぜいたく》言うな」

福猫屋ではサクラの母猫の福《ふく》、モミジ、それと子猫ともども拾われた幸《さち》がそれぞれ子を産み、全部で十八匹の子猫がいるので大忙しなのだ。

子猫がたくさん増えすぎては共倒れになってしまうので、福たち飼い猫には子をできるだけ産ませないように気をつけていた。しかし、やはり無理であった。家にいる雄猫《おす》は全部里子《さとご》に出すことができたが、外の雄猫に関してはどうすることもできない。

さかりがつく時期に部屋に閉じ込めてはみたものの、ちょっとした隙《すき》に外へ出てしまうのだ。言って聞かせてもわからぬし、四六時中見張っているわけにもいかないのであきらめるしかなかった。

困ったものだと嘆きつつ、生まれてみればやはり子猫がかわいくてほおがゆるむ。そうだ、里親《さとおや》探しをがんばればよいのだと思いなおしたお佐和であった。

部屋へ戻ったお佐和は、繁蔵の湯呑みに麦湯のおかわりをいれた。

「そういえば、猫さらいが出るんですって。今日店でお客さんが言ってたの」

「へえ、この両国界隈《りょうごくかいわい》でかい？」

「ええ。一匹はついさっきまで家の前で遊んでいたのにいなくなって、もう一匹は魚屋へ餌《えさ》をもらいに行く途中でいなくなったらしいんです」

亮太が眉《まゆ》をひそめる。

「毛並みが珍しいとかそういうのだったんでしょうか」

「キジトラと白猫って聞いたから普通よね」

「三味線《しゃみせん》の胴に張るには、トラ猫と白猫の皮が一番だって言うんだろ。売り飛ばされたんじゃねえか？」

繁蔵の言葉にお佐和はどきりとした。実は店でも同じことを言った客がいたのだ。

「三味線にされちまっちゃあかわいそうだから、福猫屋も気をつけねえとな。おい、亮太。変な奴がうろうろしてねえか、ちゃんと気を配るんだぞ」

真顔で亮太がうなずいた。今まで猫さらいの危険には思い至っていなかった。あまりに忙しすぎたせいだ。

考えれば、福猫屋はいつでも猫がたくさんいる。猫さらいにとって、こんな都合の良い場所はない。

これからは十分に気をつけなければ。あとでお縫《ぬい》ちゃんにも言っておこう……。

次の日、福猫屋に染め師の由太郎《よしたろう》がやって来た。由太郎は、かつて『染め清《そせい》』と呼ばれた清吉《せいきち》の弟子である。

修業を終えて一人前になったのを機に、由太郎は清吉のもとで働くことになった。清吉はみっちり由太郎を仕込み、清吉が所有している『彫り辰《ほたつ》』こと、亡くなった辰《たつ》蔵《ぞう》の型紙もすべて受け継がせる心づもりらしい。

お佐和はかねてから猫柄の手拭《てぬぐい》を福猫屋で売りたいと思っていたのだが、それを請け負ってくれたのが由太郎なのである。

お佐和は、由太郎を繁蔵と亮太の仕事場へ招き入れた。ほどなく、お縫が牡丹餅と麦湯をもって現れる。

あいさつをかわしたあと、由太郎が持ってきていた風呂敷包みを開いた。手拭の一枚をぱっと広げる。

「まあ、きれい！」

「かわいい！」

「これは見事だな」

「すげえ！」

皆が口々に歓声を上げた。桜の花と、舞う花びらに戯れる猫。美しく可憐、そして品がある。

「全部で百枚あります。売り切れたらまた染めますので」

「ありがとうございます。まずは百枚、がんばって売りますね。さあさあ、牡丹餅をどうぞ」

「いただきます」と言って牡丹餅をほおばった由太郎が笑顔になる。

「はあ、うめえ……」

亮太がちらちらと繁蔵を何度も見やる。繁蔵が舌打ちをした。

「子どもじゃあるめえし……ったく、しょうがねえなあ。亮太も牡丹餅をお相伴《しょうばん》しな」

亮太の顔がぱっと輝く。

「ありがとうございます！」

「じゃあ、皆で食べましょう。お縫ちゃん、手伝ってちょうだい」

車座になり、皆で牡丹餅を食べた。

「店はいいのかい」

繁蔵に問われ、お佐和はうなずいた。

「お滝《たき》さんとお駒《こま》さんがみてくれています」

お滝とお駒は毎日福猫屋にやってくる老女だった。忠兵衛《ちゅうべえ》と徳右衛門《とくえもん》という老人と四人組で仲が良い。

「そいつぁよかった。それにしても見事な手拭だな。さすがは染め清の弟子」

由太郎がゆっくりとかぶりをふる。

「いえ、俺なんかまだまだです。親方には叱《しか》られてばかりで」

亮太が興味津々《しんしん》といった様子で身を乗り出す。

「叱られるってどんなふうにですか？」

「怒鳴られるわ、拳骨《げんこつ》は降ってくるわ、蹴飛ばされるわ。さしずめ鬼ってところかなあ」

「ひっ」と言って、亮太が顔を引きつらせる。

「猫の小吉《こきち》にはもう甘々で。文字通り猫っかわいがりだから、はあぁ、俺も猫になりてえってよく思うんだ」

「清吉さんは穏やかな感じなのに、やっぱり仕事となると厳しいのねえ」

「ええ、普段は優しいんですよ。飯はたんと食えとか、体は冷やすなとか、けっこう案じてくれます」

「ほれみろ、亮太。親方なんてのはどこも厳しいと相場が決まってるんだ。清吉さんより俺のほうがまだましなくれえじゃねえか」

うなだれている亮太の肩を、ぽんと由太郎がたたく。

「お互い励もうぜ」

「はい……」

お縫が亮太と由太郎の皿に牡丹餅をもうひとつずつ入れてやっている。めげずにがんばれというお縫なりの気持ちなのだろう。

「この手拭は一枚いくらで売るんだ？」

「四百文《もん》です」

「辰蔵さんの型紙の分の値打ちが三百文、俺の腕前が百文ってことです。親方がお前の腕なら百文でも高《たけ》えくらいだって」

お縫がつぶやく。

「こんなにきれいに染まってるのに……。やっぱり職人っていうのは厳しいんだね」

「福猫屋の取り分は？」

「半分の二百文です。いただき過ぎで申し訳ないんだけれど」

「いえ、それはいいんです。うちもちゃんと儲《もう》けさせてもらってますから。あと、この柄は福猫屋さんにしか納めませんので」

「え？　どういうこと？」

「俺、考えたんですよ。せっかく彫り辰の型紙を使って染めるのに、どこでも買えるっていうのじゃもったいなくないかって」

「確かにそうですよね！」

「亮太、お前わかって言ってんのか」

「え、まあ、いちおう……あの、その……すみません」

　ぺこりと頭を下げる亮太に由太郎がふき出す。

「これから少しずついろんな柄の手拭を染めていくんですが、柄ごとに一軒店を決めようと思ってるんです。この柄の手拭はこの店でしか買えないっていうふうに」

「なるほど、ありがたみが増してよく売れそうだな」

　繁蔵がふむふむとうなずく。お縫がつぶやいた。

「全部の柄を集めたくなりますね」

　手に入りにくいとなると途端に欲しがる、江戸っ子の気質をうまく利用した方策だとお佐和は感心した。うちも何か考えてみよう。

「猫柄は全部福猫屋さんに納めますのでよろしくお願いします」

「えっ、この桜と猫だけじゃなく？」

「はい。花と猫は桜だけじゃなく、季節ごとに、朝顔、菊、梅って。あと、猫だけの柄もあるので。あっ、でも『猫尽くし』は難しいから当分無理ですけど……」

「そんなによくしていただいていいんですか？」

「福猫屋さんには小吉をゆずってもらった恩がありますから」

「そんなの恩のうちに入りませんよ。それにもうお礼なら清吉さんに『猫尽くし』の手拭をたくさんいただきましたし」

「俺もお礼がしたいんです。辰蔵さんが亡くなってから、親方はすっかり落ち込んでしまって。なにせ幼馴染で生まれたときから六十年以上ずっと一緒だったんでね。親方が辰蔵さんのあとを追っちまうんじゃないかってずっと案じてたけど、俺にはどうしようもなくて」

いったん言葉を切って由太郎は洟《はな》をすすった。そういえば由太郎は清吉の亡くなった女房の甥っ子だって聞いたっけ……。

「それが小吉をもらってからはすっかり元気になって。小吉のために長生きしなきゃって張り切っちゃってます。あと、小吉のお礼に『猫尽くし』の手拭を染めたことも立ち直るきっかけになったと思うんです。俺にしても、染め清に弟子入りできるなんて夢みてえだし。あ、でもこれはきっと、小吉かわいさからでもあるんですよ」

由太郎がいたずらっ子のような表情になる。

「俺を弟子にして一緒に住めば、自分にもしものことがあっても小吉がひとりぼっちにならねえ。そう思ってるふしがある。まあ、俺も小吉のことはかわいいから全然かまわねえんですけど」

「へえ、天下の染め清が猫にめろめろとはねえ。でも、そういえば、福猫屋の他の客でも似たような話をけっこう聞くよな。猫ってやつはひょっとすると人を骨抜きにする魔物なのかもしれねえ……」

「……俺もおかみさんが猫のおかげで元気になってほっとしてます」

しんみりした亮太の口調に、繁蔵がうなずく。

「その節はご心配をおかけしました」

お佐和は亮太と繁蔵に頭を下げた。

「うちの人が突然亡くなって気鬱《きうつ》の虫にとりつかれてたんだけど、家へ迷い込んできた野良猫が子猫を産んで、世話をしているうちに治ったの。それが福猫屋を始めようと思ったきっかけ。猫へ恩返しをしたいなって」

「なるほど、そうだったんですね。それじゃあお縫ちゃんはおかみさんの心意気にほだされて福猫屋で働くことになったんだ」

由太郎に言われてお縫が赤面した。

「いいえ、そんな立派なことじゃなくて。あたしはおかみさんにすごくご迷惑をおかけしたので、そのお詫びに働き始めたのがきっかけです。あのときは申し訳ございませんでした」

頭を下げるお縫を、お佐和はあわてて押しとどめた。

「あ、でも、それはよんどころない事情で切羽詰まってしたことだから。それにお縫ちゃんは青物《あおもの》売りで忙しいのに精一杯あたしを助けてくれたもの」

「青物売り？」

「あたし実家が巣鴨《すがも》村の農家で、青物を売り歩いてたんです」

「俺んちは上駒込《かみこまごめ》村の植木屋だよ」

「えっ、そうなんですね」

「お、俺んちは飯屋です。深川《ふかがわ》の」

「関係ねえだろう……」

2

今日は朝から雨が降っている。しとしとと降る細い雨はさしずめ『芽吹きの雨』というところだろうか。

福猫屋は、縁側に面した一番広い十六畳ずつ二間続きの座敷の間の襖《ふすま》を取り払い、店として使っていた。客は庭から入って来て、縁側から座敷に上がる。

入って右手に積んである座布団を持って好きなところに座ってよいことになっていた。左手の壁際には棚があり、猫じゃらしや首輪、座布団、花巾着《はなきんちゃく》などお佐和とお縫手作りの品、繁蔵の細工による簪《かんざし》、由太郎が染めた手拭といった売り物が並べられている。

猫たちは座敷のあちらこちらに置かれた籠《かご》の中や畳《たたみ》の上で寝たり、取っ組み合いや追っかけっこをして遊んだりと、勝手気ままに過ごしていた。天気の良い暖かい日は、縁側や庭でひなたぼっこをする猫もいる。

客たちは座敷や縁側や庭で、猫を眺めたり、抱いたり、一緒に遊んだりして時を過ごす。それに飽きると、牡丹餅や汁粉《しるこ》、豆腐の田楽《でんがく》を食べ、甘酒を飲む。

猫好きが集まっているので、客どうしで意気投合し話に花が咲くことも多い。中には、福猫屋で一緒に過ごしたのが縁で友だち付き合いをしている者たちもいる。

「まあ、皆よく眠っちまってる」

お駒が籠の中の子猫たちをいとおしそうになでる。お駒は元三味線の師匠だ。

「猫はよく眠るもんだけど、雨の日は特にずっと寝っぱなしなのはいったいどういうわけなんだろうね」

お滝のつぶやきに忠兵衛と徳右衛門が腕組みをして考え込んだ。この三人は商家の隠居である。

お駒を含めたお年寄り四人組は、福猫屋に毎日来てくれる常連なのだった。やや投げやりな感じでお駒が言う。

「そりゃあやっぱり、毛が湿気《しけ》て重いっていうかだるいっていうかそういうのじゃないのかい」

忠兵衛が手でひざを打った。

「雨の日は外へ出ると体がぬれて嫌だから家にいる。ごろごろしてるうちに寝ちまうっていうのはどうだ？」

「それは忠さんがそうなんだろ。さっきも居眠りをしていたじゃねえか」

徳右衛門の言葉にお駒とお滝がくすくす笑う。

「じゃあ、徳さんはどうしてだと思う？　人を茶化してばっかりいないで自分の考えも言ってみなよ」

「うーん、そうだなあ……」

籠の中の子猫たちを凝視する徳右衛門に、お駒が眉をひそめた。

「ちょっと、子猫が怖がるからおよしなさいな」

「ぐうすか寝てるから平気だよ。あ、そうか……」

「思いついたのかい？」

にやりと笑う忠兵衛に、徳右衛門がすまし顔で応じる。

「猫ってえのは狩りをするというか、ほら、ネズミだのなんだのって捕まえるだろ。でも、雨の日は濡れるし獲物も出てこないから狩りには行かずに、眠って体を休めて明日に備えてるんだよ、きっと」

「でも、ここの子たちは狩りになんて行かねえのにどうして寝てるんだ？」

「そりゃあ先祖の血がそうさせるんだろ」

「いいこと言うねえ」

「さすがは徳さんだ」

お駒とお滝がうなずき合う。忠兵衛が「ふふふ」と笑った。

「うまいこと理屈をつけたじゃねえか」

なんだかどれもほんとうそうに思えてくる。老人たちの話を聞きながらお佐和は感心した。

おや？　思わずお佐和は立ち上がった。昼寝から目を覚ました三毛猫のモミジの様子がおかしい。

何かを探すように、鳴きながらあちこち嗅ぎまわっている。モミジはかつてお縫がやむなく福猫屋の前に置き去りにした母猫の一匹で、人に懐かないので店に出すわけにもいかず、住み込みで働くようになったお縫の飼い猫として暮らしていたのだった。

しかし近ごろは店へときおり子猫たちの様子を見にやってくる。モミジなりにこの家での過ごし様に慣れたということなのだろう。

「どうしたの？　モミジ」

モミジがお佐和の顔を見て〈にゃっ！〉と鳴いた。必死に何かを訴えているような顔つきに、お佐和は胸を突かれた。

老人たちはモミジが人馴れしないのを承知しているので、案じ顔でこちらの様子をうかがっている。

モミジの一番の気がかりといえば……おそらく子猫だ。子猫たちがどうかしたのだろうか。

お佐和は眠りこけている子猫を眺めた。モミジの子は四匹。ハチワレが三匹に白猫……。

「あっ、ユキがいない」

自分の言葉に胸がぎゅっとなる。白猫のユキ……。

お佐和はあわてて部屋中を探した。やはりユキの姿はない。

「ちょっと失礼いたします」

廊下に出たお佐和は大きく息をついた。ひょっとして猫さらいが？

まさか、そんな馬鹿な。ユキはきっと家の中のどこかで昼寝をしているにきまってる。

お佐和は亮太とお縫に頼んで、三人で家の中をくまなく探した。しかし、ユキは見つからなかった。

「あたしと亮太で庭を見てみます。おかみさんは店へ戻ってください」

お縫の言葉にお佐和はうなずいた。

「ユキちゃん、見つかったかい?」

お駒に聞かれてお佐和が「いいえ」と答えると、客が皆肩を落としてため息をついた。

「今、亮太とお縫ちゃんが庭を探してくれてますから」

「でもなあ、猫は雨の中、外へ出たりしねえだろう……」

つぶやいた忠兵衛が、しまったという顔で首をすくめる。

お佐和が縁側に面した障子《しょうじ》を開けて様子をうかがっていると、やがて亮太とお縫が走ってきた。ふたりともびしょぬれだ。

「庭にもいませんでした」

「俺は往来へも出てきたんですが、見当たりませんでした」

「ふたりとも雨の中を探してくれてありがとう。風邪をひかないように早く着替えてね」

いったいどこへ行ってしまったんだろう。やはりさらわれたんだろうか。でもいったい誰に?

「やっぱり猫さらいのしわざかねえ」

自分の心を読んだかのようなお滝の言葉に、お佐和ははっとする。

「猫さらいってのは、三味線屋に猫を売るんだろ？」

「おい、忠さん、お駒さんの前でその話は無しだぜ」

徳右衛門が渋い顔をしたので、忠兵衛はあわてて頭を下げた。

「ごめんよ、お駒さん」

「謝らないでおくれな、忠兵衛さん。ほんとのことなんだから。三味線には猫の皮を使う。一番いい音が出るからね」

お駒は甘酒をひと口飲んだ。

「唐《から》の三弦《さんげん》という楽器が琉球《りゅうきゅう》に渡って三線《さんしん》になり、それが堺《さかい》へ伝わった。それが今の三味線のご先祖さね。三線には蛇《へび》の皮を張るんだけど、そんな大きな蛇はこっちにはいない。いろいろ試してみて猫の皮がいいってなったんだとさ」

「やっぱり白猫がいいのかい？」

おずおずとたずねる徳右衛門にお駒がうなずく。

「それと皮に傷がついてちゃまずいから若ければ若いほど喜ばれる。つまり高く売れるんだよ」

皆が押し黙った。お佐和は膝の上の手をぎゅっとにぎりしめた。

猫さらいがユキを連れ去ったとすれば、客を装ってここへやって来たということになる。今日のお客の誰かが猫さらいだったのだ。

もっと気をつけていれば……。まさか店の中から堂々と子猫を連れ去るとは思わなかった自分の甘さをお佐和は悔やんだ。

店でお客と楽しく触れ合っているうちに親しくなった気がして、すっかり心を許してしまっていた。そこへつけこまれたのかもしれない。

「三味線を弾くたびに思うのさ。この子たちはどんないきさつでこんな姿になっちまったんだろうって。さぞうらめしく思っているに違いない。そんな三味線があたしのおまんまの種なんだから因果な商売だよ。猫も飼いたかったけれど、あたしなんかが飼っちゃいけないと思って。……福猫屋を見つけたときはうれしかったねえ。猫と一緒にいられるし、あたしがここで使った金は猫たちの餌代になる。やっと少しでも罪滅ぼしができるってね」

ああ、そうだったのか……。だからお駒さんはうちの店へ毎日通ってくれているんだ。

お佐和は胸がいっぱいになった。お滝がそっとお駒の背をなでる。

「お駒さんの三味線の猫たちはもうとっくに成仏《じょうぶつ》してますよ。だってお駒さんがこんなに思ってくれているんだもの」

「だといいんだけど……」

「それにいい音を鳴らしてたくさんの人を楽しませてきたんだから功徳《くどく》をつんだってやつで、人に生まれ変わったりしてるかもな」

「もしかしたら、どこかの大金持ちの家に生まれて何不自由ない暮らしをしてるんじゃないか」

「みんなありがとう……。牡丹餅をおごるよ」

そのとき、モミジが勢いよく庭へ飛び降りた。

「ちょっと、モミジ！　どこへいくの？」

お佐和は声をかけたが、モミジは振り返りもせず走り去った。徳右衛門が眉をくもらせる。

「じっとしてられねえんだろうな。人も猫もおんなじだ」

ごめんね、モミジの大切なユキをむざむざさらわれて。雨にぬれながら必死にわが子を探しているモミジの姿が目に浮かんで、お佐和は涙ぐんだ。

しばらくして、厠《かわや》へ行っていた客が座敷に走り込んできた。

「お前さん。ばたばたとみっともないよ」

一緒に来ていた女房らしき女子《おなご》がたしなめる。

「だって、母猫が帰って来たんだ。子猫をくわえて」

「ええっ!」

お佐和と客たちは我先にと縁側へ出た。男が言った通り、ユキをくわえたモミジがこちらへ向かって歩いてくる。ユキがだいぶ大きくなっているのでかなり重そうだった。

お佐和は急いで庭におり、着物がぬれるのもかまわずモミジを抱き上げた。お佐和の目から涙があふれ出る。

「ほんによかった……」

「さすがはおっかさんだねえ」

「はあ、涙が出てきちまった」

客たちも皆うれしそうだ。店にあがったお佐和は、手拭でふいてやりながらユキの体を手早く調べた。

「よかった。どこも怪我《けが》をしていないようです」

お佐和の言葉に、客たちから安堵《あんど》のため息がもれる。モミジが再びユキをくわえると家の奥へと走り去った。お佐和も急いであとを追う。

モミジはまっすぐに台所へ行った。麦湯を飲んでいた亮太が叫ぶ。

「ユキ！　無事だったんだ！」

「モミジがユキを連れて帰って来たの」

「よかった……」

モミジとユキを抱きしめたお縫が泣いている。お縫の背をそっとなで、お佐和は店へ戻った。

「モミジとユキは大丈夫？」

心配そうにたずねるお滝に、お佐和はほほえんだ。

「お縫ちゃんが面倒をみてくれてますから」

「それじゃ安心だ」

お駒がふむふむとうなずく。忠兵衛が腕組みをした。

「モミジはどうしてユキの居場所がわかったんだ？」

「鳴き声が聞こえたんじゃないか」

「だって徳さん。俺はなんにも聞こえなかったぜ」

「うん、俺もだけどさ。年寄りは耳が遠くなってるからねえ」

「俺も聞こえませんでしたよ。誰か聞こえた人はいるかい？」

厠へ行っていた男の言葉に、皆がかぶりをふる。

「するってえと、犬もそうだけど、猫も人より耳がよく聞こえるんだな」

お佐和は忠兵衛に相槌《あいづち》を打った。

「そういえば、夏、外で遊んでた子たちが帰って来たなあと思ってたらきまって夕立が来るんですよ。あれはきっと遠くで鳴ってる雷《かみなり》が猫には聞こえるんでしょうね」

「なるほどなあ。どこかで鳴いてたユキの声を聞きつけたってわけだな」

「まあ、そんなに何町も離れたところじゃないでしょうけれど」

「ということは、わりと近くに猫さらいのねぐらがあるんだな」

「どういうことだ？」

「だってユキはねぐらから逃げ出して来たんだろ？」

「いや、そいつはわからんぞ。猫さらいのふところから飛び出してきたのかも」

「せっかく捕まえた子猫をふところになんか入れねえだろ。袋に入れるんじゃねえのか」

「じゃあ袋に穴が開いてたんだな」

「そんな馬鹿な」

「忠兵衛さんも徳右衛門さんも、そんなことはどうでもいいじゃないか。ユキ坊が無事に帰って来たんだから」

お駒のとりなしに、忠兵衛と徳右衛門がうなずいた。お滝が思案顔で言う。

「おかみさん、猫さらいもほとぼりがさめるまで来やしないだろうけど、用心するにこしたことはない。白猫とトラ猫は店に出さないほうがいいと思いますよ」

「はい、そういたします。ご心配くださってありがとうございます」

3

「あっ！　弥助《やすけ》がいない！」

お佐和は思わず叫んだ。幸の子の弥助が店から姿を消してしまったのだ。ユキのときと同じように家中探しまわったがどこにも見つからない。

「猫さらいめ、ふてえ野郎だ。ユキの騒ぎがあってからまだ五日しかたっちゃいないじゃねえか」

いつも冷静な徳右衛門が、めずらしく憤慨《ふんがい》している。

「ちょっと待っとくれ。おかしいよ」

「なにがおかしいんだい、お駒さん」

「お滝さん、いなくなったのは黒猫の弥助だろ？」

「ええ、そうですよ」

「黒猫の皮は三味線には使わないんだ」

お佐和も客たちも皆、「えっ！」と声をあげた。

「じゃあ弥助はいったい何のためにさらわれたんでしょう」

お佐和のつぶやきに、徳右衛門が答える。

「変わった模様があったとか」

「いいえ、真っ黒です」

「目の色が左右違うとか」

「……両目とも黄色です」

「うーん……」

「ただ気に入ったから連れて帰ったんじゃねえのかい」

「でも、忠さん。それなら盗まねえでも、弥助をもらえばいいだろ」

「あ、そうか」

「……もしかしてユキも同じ人にさらわれたんでしょうか。三味線の皮とはかかわりなく」

「かもしれないねえ」

「そうだとすると、弥助もきっと無事に帰ってきますよね。あたし、母猫の幸を連れてきます」

お佐和は台所の隣の板の間で昼寝をしていた幸を抱き上げた。

「弥助がさらわれちゃったの。ごめんね。幸も弥助を探してちょうだい」

店の座敷におろされた幸が、すぐに弥助がいないことに気づいて鳴きながらあたりを探す。その必死の様子に、お佐和は胸がつぶれそうな思いがした。

やがて幸は縁側に出て、庭に向かって〈にゃーん〉と何度も鳴いた。弥助を呼んでいるのだろう。

「かわいそうに」という言葉が客の間からもれた。

四半刻《しはんとき》ほどして、縁側でうずくまっていた幸が突然立ち上がった。〈みゃーん！〉とひときわ大きな声で鳴いたかと思うと、庭に飛び降り勢いよく走り去る。

ひょっとして弥助の鳴き声がしたのだろうか。どうか、どうか、無事に見つかりますように……。

客たちも皆縁側に出て固唾《かたず》をのむ。

「あっ！　弥助！」

思わずお佐和は叫んだ。幸が姿を見せたのだ。しっかり弥助をくわえている。

去年の秋、子連れで拾われたときはがりがりにやせていた幸も、福猫屋で暮らすうちに太ってたくましくなった。弥助をくわえたまま、軽々と縁側に飛び上がる。客たちが一斉に幸を取り囲んだ。「でかしたぞ！」と誰かが叫ぶ。口々に「よかった、よかった」と言いながら、皆が手を握り合ったり抱き合ったりしていた。

弥助はとても元気で、手拭でふいてやるとすぐ幸に乳をねだって飲み始めた。弥助のきょうだいたちも集まって来て仲良く乳を飲んでいる。

子猫たちに乳をやりながら居眠りを始めた幸の頭を、お佐和はそっとなでた。

「弥助が無事でよかったなあ」

繁蔵がしみじみとした口調で言った。

「はい、おかげさまで」

「それにしても、いったいどこのどいつがさらったんでしょう。あ、すみません。お代わりをください」

亮太のどんぶりに深川飯をよそいながらお縫が憤慨する。

「ユキも弥助もきっと同じ奴にかどわかされたに違いありません」

「ええ、そうよね。あと、猫さらいは子猫たちをうちの近くで放したんだと思うの」

「そいつはどうしてだい？」

「ユキが帰って来たときは、うまく逃げ出して来たのかなと思ったんだけど、そうだとしたら、弥助のことは絶対に逃がさないように気をつけると思うんです」

「なるほど。でも、弥助は帰って来た。確かに筋は通るな」

「それに子猫が遠くから迷わずに帰ってくるのは無理ですもんね」

「そうなのよ、お縫ちゃん」

「ということは、下手人は子猫をさらっといてわざわざ返しに来たってことか。もしかしてまたやるつもりでしょうか」

亮太の言葉に、お佐和はどきりとした。ちょうど同じことを考えていたのだ。

「じゃあ、今度はそいつをとっ捕まえましょう」

腕まくりをするお縫はなかなかに頼もしい。

「下手人はこの間と今日と店に来た奴だろ？　目星はついてるのかい」

「それがあいにく二日ともお客さんの出入りが多くて、見当がつかないんです」

「この前も今日と同じように雨が降ってたよな。天気が悪いと客の出入りが多いのかい？」

「言われてみればそうかもしれない。雨が降ると猫はたいていずっと寝ていて一緒に遊べないから、つまらないって早々に帰るお客さんはけっこういます」

「ひょっとして下手人はそれをねらって雨の日に来るんですかね」

「亮太、お前たまにはいいことを言うじゃねえか。よし、今度雨が降ったら仕事を休みにしてやるから店の客を見張れ。あやしい奴がいたら捕まえろ」

「でも、俺は店に何度か顔を出したことがあるので素性がばれてたらまずいと思います。お縫さんもですよね」

「うん。あたしは福猫屋の奉公人だから」

「ってことは、もう親方しかいませんよ」

「あっ、そうだ。親方は猫が怖いんだった」

「俺はだめだ」

「馬鹿野郎。あんなもの、怖くはねえ」

「じゃあお願いします」

繁蔵がくしゃみを連発する。お佐和は苦笑した。

「亮太、悪ふざけはやめなさい。あたしとお縫ちゃんで気をつけるから大丈夫」

「いや、お佐和さん。俺なら平気だ」

「でも、真っ青な顔をした繁蔵さんが、冷汗たらたらで猫をひざにのせてたら、目立ってあやしまれるかと」

お縫の言葉に、繁蔵はぐうの音《ね》も出ない様子だ。お佐和はひそかに笑いをこらえた。

弥助の騒ぎがあってから三日後、また雨が降った。お佐和はお縫とふたりで店の客を見張ることにした。

お佐和はいつものように客の相手をし、お縫は座敷の隅で猫じゃらしを作っている。何かあったらすぐに飛び出せるように、亮太も隣の座敷で待機していた。そのまた隣の部屋には繁蔵がいる。

この中に猫さらいがいるのだろうか。お佐和は胸がどきどきした。いけない。落ち着かなくては。気取《けど》られてしまう。

下手人が雨の日を狙って来ているのなら、なんとかして今日片をつけてしまいたい。猫たちを危険にさらすのはもう嫌だ。

相手が刃物でも持っていたら大変なので、亮太たちにはけっして無理をしないように念を押してある。捕まえられなくても、猫さらいが店に来なくなればそれで十分なのだから。

なんだか皆があやしく見えてくる。人というものはおかしなものだ……。

「おや、お前さん。この前も、その前も、雨の日ここに来てなかったかい？」

お駒の声に、お佐和ははっとした。話しかけられた男に見覚えがある。

確か、モミジがユキを連れて帰って来たと知らせた男だ。そういえば弥助がいなくなったときにも来ていた。

もしかしてこの人が猫さらい？　ユキのときは厠から戻ってくるときにユキをくわえたモミジを見たと座敷へ駆け込んできた。

店でユキをふところにでも入れ、素知らぬ顔で厠へ行くふりをして、ユキを庭へ放しお佐和の心の臓がぎゅんとはねた。

「来てましたよ。俺は大工《だいく》だから、雨の日は仕事が休みなんです。だから女房とふたりでここで猫と遊ぶのが楽しみで。近ごろは雨が降らねえかなあなんて、つい期待しちまうんでさあ」

「ごちそうさま。女房孝行だねえ」

お駒の言葉に、大工の女房がかぶりをふった。

「そんないいもんじゃないんですよ。せまい家で顔を突き合わせてるのがお互いうっとうしいだけで」

客がどっと笑う。無理に笑みを浮かべながら、お佐和はどうしようどうしようとあせっていた。

あっ、そうだ！　お佐和ははたと気づいた。座敷でモミジが必死に探していたとき、男がユキをふところに入れていたら、においでモミジにばれていたはずだ。

それに、店でさらったユキをすぐに庭へ放すというのも奇妙な話だ。そんなことをわざわざするはずがない。

どうやら疑心暗鬼になって変な考えにとらわれてしまったようだ。もっとしっかりしなくては。お佐和は反省した。

「すみません、お勘定お願いします」

「はい。牡丹餅と麦湯で八文です」

「じゃあ、これで」

別の客が四文銭を二枚出した。

「ありがとうございました」

お佐和は丁寧に頭を下げた。男が立ちあがった瞬間、福が男の左腕に跳《と》びついた。

「うわっ！」と叫びながら男が福を振り落とそうとしたが、福はがっちり腕を抱え込んでいて離れない。福を引きはがすつもりなのだろう、男が福の首に右手を伸ばした。

すると福は男の手をかいくぐり、そのふところへ首を突っ込んだと思うと、ぱっと飛び離れた。客たちがどよめく。福が口に三毛の子猫をくわえていたのだ。自分が産んだ子ではない。ついこの間、お縫が拾った子だ。

「福、子猫を助けてくれたのね」

お佐和は子猫ごと福を抱きしめた。泡を食った男が縁側から庭へ飛び降り、逃げ出しにかかる。

「亮太！」

お佐和が叫ぶより早く、亮太とお縫が男を追う。客の大工も加わった。

しばらくのち、亮太と大工に両脇を抱えられた泥まみれの男が現れた。うしろにこれまた泥まみれのお縫が続く。

男は縁側に引き据えられた。三十前くらいで色の白い中肉中背。端正な顔立ちをしている。

お佐和は大工に頭を下げた。

「捕まえてくださってありがとうございます。お縫ちゃんも亮太もありがとう」

男も含め、誰も怪我をしていないようなのでお佐和はほっとした。

「お縫さんが一番のお手柄です。こいつに飛びかかったんですから」

亮太の言葉にお佐和は目を丸くする。

「まあ、そうだったの！」

「お縫ちゃんに後れを取るたぁどういう了見なんだ、亮太」

繁蔵が腕組みをする。

「その言葉はそっくり親方にお返しします。今ごろ出てきたって遅いんですよう」

「俺はその男に仲間がいて、お佐和さんや皆が危ない目にあっちゃいけねえからあえてここにいたんだ」

「へえ、そうですか」

「なんだ、その目は。まあいい、俺は仕事に戻る」

大きなくしゃみを連発しながら繁蔵が襖を閉めた。

お佐和は男の正面に座った。

「名は何とおっしゃるんですか？」

「……勘助《かんすけ》」

「この間の雨の日と、その前の雨の日に、白猫と黒猫をうちから連れ去ったのは勘助さんですね」

「ちょっと借りただけだ。ちゃんと返《けえ》しただろ」

勘助の不遜《ふそん》な様子に、お縫が食ってかかる。

「返しゃあいいってもんじゃないんだ。子猫がいなくなって、あたしたちも親猫もどんなに心配したか」

お縫の背に、お佐和はそっと手を当てた。

「どうしてそんなことをしたのか、理由《わけ》を聞かせてください」

しばらく勘助は逡巡《しゅんじゅん》していたが、やがて口を開いた。

「四ヵ月前の雨の日、俺たちは初めての子を亡くした。風邪《かぜ》をこじらせてあっという間に。……まだ二つだった」

皆が息をのむ気配がした。場が静まり返る。

「それ以来、女房は気鬱の病で臥《ふ》せってる。特に雨の日がいけねえ。朝からずっと泣いてるんだ」

勘助が咳払《せきばら》いをした。

「だけどこの間雨の日に子猫が迷い込んできて、かまってるうちに女房がほんの少し笑ったんだ。そしてその日は泣かずに過ごせた。でも子猫はどこかへ行っちまった。

次の雨の日は思いついてここへ来て白猫を連れて帰った。その次の雨の日は黒猫だ」

お縫がかすれ声でたずねた。

「それなら猫を飼えばいいんじゃないですか」

「俺もそう思った。だけどお梶《かじ》……女房が、亡くなった子と同じように猫も死んじまうかもしれないってひどくおびえるんだ。猫が死んだら、きっと女房は気が変になっちまう。そう思うととても怖くて飼えねえ」

「そうだったんですね……」

お佐和ははっとした。今このときも、お梶は勘助が子猫を連れて帰るのを楽しみに待っているに違いない。

「俺は大工だが、勘助さんはなんの仕事をしてるんだい？」

「提灯《ちょうちん》に文字を書いてる」

「なるほど。居職《いじょく》か。女房の側《そば》にずっといてやれるってわけだな」

「まあ、そうだ」

「それで勘助さんはどうなんだ。子猫がいると気がまぎれるんじゃねえのか」

「えっ」と言って勘助が大工の顔を見つめる。

「お前さんも辛《つれ》えんだろ」

「いや、俺は……」

「子を亡くして辛くないはずはねえやな。お前さんだって親なんだから」

うつむいた勘助のひざにぽとぽとと涙が落ちた。大工が自分の両の目頭をぎゅっと指でつまむ。

お佐和は背筋を伸ばした。福猫屋の主として、きちんと言い渡さなければならないのだ。

「事情はよくわかりました。必ず返していただけるなら、今日のところは子猫を連れて帰っていただいてもかまいません。でも、もうこれで最後にしてもらいたいんです」

「……はい」

うなだれる勘助を見て、お佐和の胸は痛んだ。でも、勘助に子猫を貸し続けたら、自分も借りたいとわがままを言う客が出てくるだろう。

そうなると収拾がつかなくなってしまう。

「勘助さんが子猫を黙って連れて帰ったとき、母猫たちがどんなに必死になって子を探したことか。親が子を思う気持ちは、猫だって人と変わらないんだとあたしは思っています」

「すみませんでした」

「これからも雨の日に子猫を貸してさしあげたいのはやまやまですが、勘助さんだけを特別扱いするわけにはいかないんです。子猫を貸し出せば、逃げていなくなってしまうことだってある。怪我をするかもしれない。あたしは福猫屋の主として、猫たちを守ってやらなきゃならない立場です。だからこれっきりにさせてください。むごいことを申してほんとうにすみません」

お佐和は勘助に深々と頭を下げた。

「おかみさん、頭を上げてください。そもそも黙って子猫を持ち出した俺が悪いんです。番屋へ突き出されても文句は言えねえのに、今日子猫を貸していただけるってんだから、ありがたいことです」

勘助はきちんと詫びを言い、子猫を連れて福猫屋をあとにした。

4

その日の夜、お佐和がそろそろ寝ようとしていると、襖の向こうで「おかみさん」

という お縫の声がした。

「どうぞ、入ってちょうだい」

「すみません、夜遅くに」

「大丈夫よ。何か用事？」

「ちょっとご相談したいことがあって」

大食らいのお縫のことだ。もう腹が減っているかもしれない。夜食に湯漬けでも出してやろうかとお佐和は立ち上がりかけたが思いとどまった。

お縫が思いつめた表情をしているのに気づいたからだ。お佐和はお縫と向かい合って座った。

「……ご相談というのは勘助さんのことなんです。あれではあまりにも気の毒だと思って」

猫さらいに対するお縫の憤りが大きかっただけに、お佐和は内心とても驚いたが、顔に出さぬように努めた。

「おかみさんのおっしゃったことはよくわかりますし、あたしもその通りだと思います。だけど、なにか他に方法がないかと……」

「ひょっとして考えついたことがあるの？」

なんとなくそんな気がしてお佐和はたずねてみたのだが、果たしてお縫はこくりとうなずいた。

「猫の貸し出しを商《あきな》いにするのはどうでしょう」

あまりに意外なお縫の思いつきに、すぐには言葉が出なかった。

「お金を取れば。それも少し高めに……。いいかげんな気持ちや冷やかしで借りる人はいないんじゃないかなって」

「……なるほど」

福猫屋を開業するときに、浅草《あさくさ》の小間物《こまもの》問屋森口屋《もりぐちや》の主信左衛門《しんざえもん》に助言をもらったことをお佐和はふと思い出した。

自分の家にいる貰《もら》い手のない子猫を店へ持ち込む者がいるだろうから、一匹引き取るごとに相手から五十文もらうことにせよと信左衛門は言ったのだ。そうしないと福猫屋は猫だらけになってしまうと。

だから、猫を貸すときも一匹五十文払ってもらおうか。いや、百文がいい。長屋の家賃がひと月五百文だから、そのくらい取れば、冷やかしはいなくなるだろう。

「でも、猫が危ない目にあうと困るのよね。知らない人に家に連れていかれて、逃げ出して迷子になったら帰ってこられないでしょ。あと、怪我とか、向こうで食べたものでお腹をこわしたりとか病気も心配」

「どこの家も、福猫屋のようには面倒をみてくれませんよね」

お縫が考え込みながらぽつりとつぶやいた。

「やっぱりだめかな……」

お縫がとても落胆しているように見えたので、お佐和は胸を突かれた。それにいつも無口なお縫がこんなにしゃべるのは珍しい。

なにか特別な思いがあるのかもしれなかった。

「お縫ちゃんはずいぶん勘助さんに肩入れしているようだけど理由があるの？」

お縫がうつむく。肩が小刻みに震えているのを見てお佐和は驚いた。

泣いているのかしらと思った途端、お縫がぐいっと袖《そで》で目をぬぐった。

「大丈夫？ 悪いこと聞いちゃったみたいでごめんね」

お縫がかぶりを振る。自分を落ち着かせようとしてのことなのだろうか。二度ほど大きく息を吸って、お縫が話し始めた。

「あたしと一番上のあんちゃんは十五も歳が離れています。そのあんちゃんの初めの子が生まれて一年で亡くなってしまったんです」

お佐和は息をのんだ。

「突然高い熱が出て、あっという間でした。まだ五つだったあたしは何が起こったのかよく理解できなかったけれど、かわいいあの子とはもう二度と一緒に遊べないんだということだけはわかりました」

お縫が自分の手をじっと見つめる。

「いまだにはっきり覚えてるんです。甥っ子のやわらかいほっぺたとか、ぷくぷくした手とか、得意そうな笑顔とか、大泣きする前のふにゃっとした顔とか……。あの子のことは折にふれて思い出します。十八年もたったのにずっと悲しい。とても聞けなくて面と向かってたずねたことはないんですけれど、あたしでさえこんななんだから、あんちゃんや義姉《ねえ》さんはもっともっと悲しいだろう。だから勘助さんとお梶さんの力になってあげたくて……」

「そうだったの。話してくれてありがとう。お縫ちゃんの気持ちはよくわかった。お金を払ってもらって猫を貸すっていうのはいい考えだと思うの。猫たちが危ない目にあわずにすむように、ふたりで知恵をしぼりましょう」

「はい、ありがとうございます。なんだかすみません。ひとりよがりなことばかり言ってしまって」

「謝ったりしないで。あたしはすごくうれしいんだから、お縫ちゃんが自分の気持ちを話してくれて。そうだ、お夜食を持ってきてあげる。お腹すいたでしょ」

「え、あ……はい」

「ちょっと待っててね。あたしも何か食べよう」

お佐和が台所で湯漬けを作っていると、亮太がやって来た。

「眠れないの？」

「手水《ちょうず》に起きたんです。小腹がすいたんでなにかないかなと思って」

ふいに亮太の顔が輝く。

「……おかみさん、何かこさえてるんですか？」

「お縫ちゃんとあたしで湯漬けを食べるの」

たちまち亮太が口をとがらせた。

「えっ！　ずるい！　俺も食いたいです！」

「わかった、わかった。作ってあげるからうるさくしないの。その代わり、食べたら頭もちゃんと使うのよ」

亮太とお縫にはイワシの生姜《しょうが》煮と海苔《のり》をのせた湯漬け、自分には梅干しと海苔をのせた湯漬けを作った。

亮太が満足そうなため息をもらす。

「はあ、うめえ。手水に起きてよかった」

「亮太、食べてるときにそういう話はなしだ」

お縫にぴしっと言われて、亮太は首をすくめた。

「すみません、気をつけます。それはそうと、頭を使うってどういうことですか？」

「お縫ちゃんが考えついたんだけど、お金を取って猫をお客さんに貸し出そうと思うの」

「あ、勘助さん、気の毒でしたもんね。で、いくらで貸すんですか？」

「百文」

「……それじゃあ、なかなか借りられませんね」

「そのほうがいいのよ。面白半分とか冷やかしに借りるっていうお客さんには遠慮してもらいたいの」

お縫がふむふむとうなずく。

「百文出すってなるとやっぱり覚悟がいりますよ」

「猫ごときに百文もって思う人もいるだろうし、百文で借りられるならうれしいっていう人もいるだろうし。それでいいのよ。うちの大事な猫を貸し出すんだから」

「百文で何日借りられるんですか？」

「あら、亮太。一日だけよ。泊まりがけはなし。朝借りて夕方返すの」

「えっ！　一日で百文？　俺にはとても無理だ」

嘆息する亮太を見て、お縫がくすくす笑う。

「だから亮太みたいな奴には貸さねえんだよ」

「お縫さん、ひでえなあ。でも、それぐらいしなきゃですよね。だっていなくなったりしたら大変だもの」

「そうなのよ。あたしは猫が逃げるのが一番心配なの。だから泊まりがけはだめ。わかるでしょ」

「はい。人が夜寝てる間に猫が逃げちまいますもん。だけど、昼間でも猫って逃げますよね」

「そう、そこなのよ。四六時中誰かがちゃんと見てくれてなきゃ困るんだけど、そうしてもらうにはどうすればいいのか」

「貸すときによっく頼む……頼んでもだめかあ。俺だって親方にがみがみ言われても言いつけを守れねえんだもの」

「口で言うだけではだめだな」

「拳骨が降ってきても効き目はあんまり。そのとき痛いだけだし」

顔をしかめる亮太に、お佐和とお縫はふきだした。

「亮太は罰がねえと言いつけが守れないんだろ。たとえば飯抜きとか」

「うっ、飯抜きはきつい……」

「罰か……」

「あっ、おかみさん。飯抜きはやめてくださいよ」

「馬鹿な子ねえ。あんたじゃないわよ。猫を貸すお客さんの話」

「お客さんなら飯抜きってわけにはいかねえですよね。……金？」

「金かあ……」

「お金ねえ……」

考え込んでいたお佐和とお縫はほとんど同時に「あっ！」と言った。

「損料屋《そんりょう》！」

「あたしもそう思いました！」

手を取り合うお佐和とお縫に亮太があせる。

「ふたりだけで盛り上がってないで、俺にも教えてくださいよう」

「猫を貸し物にするんだから、うちも損料屋みたいに保証金を取ればいいのよ」

江戸の町には『損料屋』と呼ばれる店が数多くあった。『損料』を取って客に品物を貸し出すのである。

損料屋が扱う品は、衣類、夜具、器、調度、建具《たてぐ》など。それなりの格式の武士や町人から長屋暮らしの庶民まで、皆が必要な品を損料屋で借りていたのだった。どんな物も買えばそれなりの値がする上、せまい長屋にはしまっておく場所もない。しかも江戸は火事が多く、持ち物がすべて灰になってしまう事態にもなりかねない。

かくして必要なものは借りてすますという習いに、損料屋は繁盛しているというわけだった。

損料屋で物を借りる際は損料の他に保証金を払う。保証金は損料の二倍から三倍の値になることもあったが、無傷で返せば保証金はそっくりそのまま返ってくる。

ただし、たとえば喪服を借りて汚したりすると、『損料屋　涙がしみて　五百とり』と川柳《せんりゅう》にも詠《よ》まれているような仕儀《しぎ》となるのであった。

「猫を貸すときに百文の他に五百文の保証金を取るの」

「五百文！」

亮太とお縫が同時に叫ぶ。

「猫が無事だったらちゃんと五百文は返すんだからいいでしょ」

「俺が猫を借りたら片時も目を離さねえ。っていうか、ずっと抱いて過ごす。いや、やっぱり借りねえ。だって五百文だなんておっかねえもの」

「それでいいんだよ、亮太」

「え？」

「皆に借りてもらわなくていいんだ。どうしてもっていう人だけに貸す」

「それに借りた人だって、五百文払わなきゃいけないから、逃がさないように、怪我をさせないように、すごく気をつけてくれるでしょ。そこがねらいなの」

「なるほど……。じゃあ、うちの猫が向こうで悪さをしたらどうなるんですか？　値の張る屛風《びょうぶ》を破いたり、壺《つぼ》を割っちまったりしたら」

「弁償しろって言われたら困りますね、おかみさん」

「うーん……うちは責めを負わないことにする。だって猫がいたずらをするものだってことを承知で借りるわけでしょ。大事な物を猫の手の届くところに置いていた向こうが悪いのよ。そうしないと、猫が壊してもいないのに壊したから弁償しろってお金を巻き上げようとする人がきっと出てくるもの」

「そっか……でも、なんとなくずるい気がしますけど」

「いいのよ、ずるくても。大事な猫たちを守るためなんだから。それが嫌な人は借りないでしょうし。でも、亮太。良いところに気づいてくれてありがとう。決まりごとはきちんと紙に書いておいて借りる前に読んでもらわなくちゃ」

「借りる人にも、承知したって一筆書いてもらわないといけませんね」

お縫の言葉にお佐和はうなずいた。

「あと、貸し出す猫は、乳離《ちばな》れしてない子はだめ。親猫が探し回るのもかわいそうだし。ある程度大きくなってて体も丈夫で能天気な子がいいわね」

「亮太が猫ならちょうどいい感じだな」

「それってほめてくれてるんですか、お縫さん」

「うん、もちろん」

「あ、そうだ。貸し出してもいい子たちには、藍《あい》色の首輪をつけようか。それだとすぐにわかるし」

「いい考えだと思います」

「じゃあ、さっそく首輪を作るわね」

「いつから始めるんですか？」

「今度の雨の日に」

「じゃあ、決まり事の書付ができたら、俺、勘助さんに届けてきます」

「ありがとう、亮太」

5

「やっと雨が降った」

「忠さん、うれしそうだな」

「今日から猫の貸し出しが始まるんだろ。楽しみでさ」

「実は俺も」

「なあんだ、徳さんもか」

忠兵衛と徳右衛門が顔を見合わせて笑う。

「なんだか落ち着かないねえ」

「ほんとに」

お駒のつぶやきにお滝が相槌を打った。皆、勘助が来るのを待っているのだ。

お縫は今日も店の隅で猫じゃらしを作っていた。亮太に至っては客として座敷に陣取っている。繁蔵に頼み込んで休みをもらったのだ。

そういうお佐和も、早く雨が降らないかなとずっと思っていたので、うれしいようなほっとしたようなややこしい気分だった。

お年寄りたちが牡丹餅をふたつずつ食べ終わったころ、「ごめんください」と訪《おとな》う声がした。

勘助さんだ！「はい。いらっしゃいませ」と返事をし、お佐和は急いで障子を開けた。

勘助がにこにこと笑っている。そしてその隣には……。

「ひょっとしてお梶さん？」

縁側に出てきたお駒の問いに、勘助の隣に立つ女子が恥ずかしそうに「はい」と答える。色が白く、小柄でかわいらしい。

「えっ、もう大丈夫なのかい？」

「よくいらっしゃいましたね」

「疲れていないかね」

縁側に座り込んだお年寄りたちに口々に言われ、お梶はほおを染めた。

「これこれ、そんなに寄り集まっちゃあ、勘助さんもお梶さんも座敷へ上がれないじゃないか」

お駒に言われて、お年寄りたちは「あ、ほんとだ」「いけねえ」「ごめんよ」などとつぶやきながら自分の席へ戻った。

座敷へ上がった勘助とお梶に、お佐和は「いらっしゃいませ」と丁寧に頭を下げた。

「うちの人が子猫をさらったりして申し訳ございませんでした」

謝るお梶にお佐和はかぶりをふった。

「いいんですよ、ご事情はうかがいましたから。子猫も無事に戻ってきましたし。それよりお梶さん、体の具合はよくなられたんですか？」

「はい。この人がしでかしたことを本人の口から聞いて、いつまでも泣いてちゃだめだって思ったんです。それに、猫を貸してもらえるのも楽しみで」

勘助も頭を下げる。

「猫を借りられるようにしてくださってありがとうございます」

「いいえ、うちも商売ですから、お礼にはおよびません」

「またまた、おかみさんったら、しらばっくれちゃってさ。勘助さんのためにそうしたのがまるわかりじゃないか、ねえ」

お駒の声がしたが、聞こえないふりをしておく。

「さあさあ、どの子になさいますか？　藍色の首輪をした五匹の猫からお選びくださいね」

「お前が好きなのを選びなよ、お梶」

「迷っちゃうな。勘助さん選んで」

洟をすする音を聞いた気がしてお佐和がそっと見ると、お縫が目を潤《うる》ませている。

亮太はと目をやると牡丹餅をほおばっていたので、お佐和は『しょうがない子ね』と心の中でつぶやいた。

「勘助さんとお梶さん、仲が良くてうらやましいです。いいなあ。俺もあやかりてえ」

「修業中のくせに、何を言ってるの。十年早いわよ、亮太」

「はい、すみません」

お佐和に注意されて、亮太が首をすくめる。

「それに牡丹餅ばっかり食べてるけど、いったいいくつ目？」

「えっと、たぶん八つ目です」

「もう、いい加減になさい。腹も身のうちよ」

「はーい」

亮太がしぶしぶ箸《はし》を置いたので、皆が笑った。

「すみません、この猫にします」

勘助が茶トラの猫を抱き上げた。

「はい、承知しました。その子は正太《しょうた》といいます。生まれて三月《みつき》です」

お梶が驚いて、その大きな目をさらに見開く。

「えっ！　子猫なんですか？　大きいから大人かと思ってました」

「餌をたくさん食べるので大きいんですよ」

「へえ、お前、大食らいか」

勘助が頭をなでると、正太が目を細め、のどをぐるぐると鳴らした。お梶がうれしそうにほほえむ。


「どうだい。『猫貸し』の調子は？」

夕餉《ゆうげ》を食べながら繁蔵がたずねる。今日はタケノコご飯とアジの塩焼き、そして三つ葉と油揚げの味噌汁という献立だった。

「なんだか評判になってるみたいで、自分でもびっくりしてます」

「流行《はや》ってるってことか」

「ええ。今のところ毎日五匹全部が貸し出されてるんですよ」

「へえ。そいつぁすごいな。貸し料百文の他に、保証金が五百文なんてべらぼうなのに」

「おまけに朝から夕方までしか貸してもらえねえときてる」

「あ、そうだった。いったいそんなののどこがいいんだ？」

「そういかにも贅沢な趣向が、江戸っ子気質を刺激したんじゃないかってお客さんたちが」

「あの常連のお年寄りたちの意見か」

「はい。でも、話の種や自慢の種に猫を借りられたのでは、猫たちの扱いがおろそかになるんじゃないかって案じてたんですけど、保証金の五百文が効いてるみたいで。どの子も無事に戻って来てほっとしています」

「ならよかった。じゃあ今んとこは猫貸しの稼ぎが日に五百文ずつ入ってるってことだよな」

「それはそうなんですが、たいていのお客さんが一度っきりしか猫を借りないので、やがて飽きられたら終わりになってしまうと思うんです」

「ああ、そういうことか……」

「でも、何度も借りるお客さんもいますよね」

「そうね、お縫ちゃん。で、そういう人は情が移っちゃってその子をもらってくれるからありがたいけど。あと、猫をもらいに来てためしに借りて帰る人もいるし。よその家で知らない人たちと一緒に過ごすことが、猫たちには里子修業みたいな感じになってるし。いいことはいろいろあると思います」

「猫貸しがずっと繁盛すりゃあいいんだがなあ……。まあ、それでも今はちょっと息がつけそうなのかい」

「猫貸しは猫茶屋と違って元手がいりませんので助かってますけど」

「えっ、ひょっとして稼いだ分、猫たちが全部食べちまうとか？」

「いいえ、そんなことは。福とサクラも子育てが終わってネズミ捕りに出かけてますし、猫じゃらしや巾着なんかも前より売れるようになったし。手拭も順調だし、猫茶屋もお客さんが絶えないし……」

「ネズミ捕りは月にどれくらいの稼ぎになるんだい」

「一日百文で二匹とも月に五、六回は行ってますから、千文から千二百文の間です。あと、お菓子だったりお米だったり、退治した先の商売ものやなにがしかのお礼をいただくので」

お佐和の言葉に亮太がうれしそうにうなずく。

「よく俺たちお相伴にあずかってますよね。ごちそうさまです」

「それを言ったら、里子に出したときに先方からお礼をいただくのも稼ぎのうちに入りますよね」

「ああ、お縫ちゃんの言う通りだな。いちいちいくらって換算しなくても、もらったらこっちは買わなくていいわけだから、かかりが浮いた分が儲《もう》けってことだ。猫茶屋のあがりは？」

「そうですね。少なくても日に二百文、多いときはその倍くらいになります」

「へえ、猫茶屋もあなどれねえな。あ、元手がかかるのか」

「小豆《あずき》や砂糖なんかが売り上げの二割ほどかかる計算になるので、儲けは売り上げの八割ってところです」

「ってことは百六十文から三百二十文。それと猫貸しの五百文を合わせたら、六百から八百。ならして七百文とすると月に三両以上になるぞ。それとあと手拭なんかの売り上げ。へえ。福猫屋を始めたころからしちゃあ、だいぶましになったどころか、儲けがちゃんと出てるんじゃねえのか」

「ええ、まあ。ありがたいことです」

「それにしちゃあ浮かねえ顔だな」

「やっと火鉢の炭《すみ》を買わなくてもよくなったのに、大きな出費が……」

お佐和とお縫が深いため息をついたので、亮太と繁蔵は顔を見合わせた。

「店の畳替えと襖と障子の張り替えをしなきゃならないんですよ」

今度は男ふたりが「あっ！」と声をあげた。

「すげえもんなあ……」

「ですよね……」

たくさんの猫たちが走り回ったり爪とぎをしたりするので、座敷の畳と襖と障子がぼろぼろになっているのだ。店以外の畳と襖と障子も同じようなものだが、こちらは人目につかない。

しかし、店はやはり体裁というものがある。

「三十二畳っていったらかなり値が張りますから。あと、襖も障子も張り替えるだけじゃなくて、猫たちが壊すから修理も必要だし。全部でざっと十両はかかると思うんです。ふた月分の売り上げと、手拭百枚の儲けが飛んで行ってしまう……」

「俺、猫ってやつが障子や襖をのぼるんだってえのを初めて知りましたもん。なんだか子猫とか鈴なりになってるし」

「えっ、そうなのか。どうりでひでえありさまだと思った。でも、襖や障子はしょうがねえとして、畳は裏を返しゃあいいんじゃねえか」

「それが、もう裏は返してあるし、表替えもしてしまったんです。だからどうしても畳を新調しないと」

「茣蓙《ござ》を敷くのはどうだい」

「やっぱり見栄えが……。それにお客様がすべったりつまずいたりしてもいけないから。あと、猫たちが大喜びで茣蓙の下にもぐって暴れて大変なことになる気がするんです」

「いっそのこと、板の間にしちまえばどうですか」

「板の間も見栄えが悪いだろう。それと、亮太みたいに若いやつにはわからねえだろうが、板の間は年寄りには冷えるんだぞ」

「あ、だから親方は座布団二枚重ねなんですね」

「やかましい」

「それに板の間にしても、猫の爪で傷がつくのは同じだと思うの」

「うーん、やっと儲かってるのになあ」

「でも、猫貸しの儲けがなかったら、清吉さんにもらった『猫尽くし』の手拭の売り上げに手をつけなくてはいけないところだったので」

「ものは考えようだな」

「はい。また、がんばります」

まあ、なにはともあれ、勘助を助けるために始めた『猫貸し』であったが、今や立派に福猫屋の商いになっているのはとてもうれしい誤算である。

その勘助とお梶は借りて帰った正太を気に入って、のちにもらい受けた。そして、お梶の気鬱の病もすっかりよくなったとのこと。

正太をもらう際、お礼にと勘助が提灯をくれた。勘助自身の手による『福猫屋』のあたたかな丸みを帯びた文字を見るたびに、勘助とお梶の幸せを願わずにはいられないお佐和だった……。

第二話　ねこざむらい

1

福猫屋で『猫貸し』を始めてふた月が過ぎた。新しもの好きで熱しやすく冷めやすい江戸っ子のこと、すぐに見向きもされなくなるだろうと思っていたが、いまだに人気があり、毎日五匹の猫たちすべてが貸し出されている。

貸し出してそのまま里子にもらわれることも多い。福をはじめとする家の雌《めす》猫たちが産んだ子猫も皆そうして巣立っていった。

だが、庭に迷い込んできたり、近所で拾ったりして福猫屋にはいつも子猫がいる。多いときは二十四近く、少ないときでも十匹は確実だ。

今日は二十日前に里子に出したサクラの子であるキジトラの子猫の様子を見にやっ

てきたお佐和である。里子に出した子猫が難儀な目にあっていたという苦い経験から、福猫屋では里親の家を抜き打ちで訪ねることにしていた。

年明けから始めたことだが、『福猫屋は猫の様子を突然見にやってきて、ひどい扱いをされていたら連れて帰ってしまう』と、界隈ではうわさになっているらしい。それが原因でもらい手が減った時期もあり、繁蔵が案じてくれていた。

しかし、うわさはおおいにけっこうだとお佐和は思っている。見に来られるのが嫌なら猫をもらわなければいい。

嫌だという理由はさまざまで、必ずしも後ろ暗いことをしているからというばかりでないのはお佐和も承知している。それでも、やはりもらい手には一点の曇りもあってほしくないのだ。

たとえ厳しいとか融通が利《き》かないとか陰口をたたかれても、度を過ぎるくらい用心をしなければならない。猫を守ってやれるのは自分たちしかいないのだから。

というわけで、お佐和とお縫は手分けをして里親の家を回っているのだった。時折、亮太も手伝ってくれる。

まあ、見事だこと。思わずお佐和は立ち止まって桜の木を見上げた。重なり合った枝に競うように花が咲いている。

風もなくうららかなお花見日和《びより》だ。松五郎《まつごろう》が生きていたころはお弁当をこしらえて、毎年皆で墨堤《ぼくてい》へ花見に出かけたものだった。

あの穏やかだった日々を思い出すと少し胸が痛むが、同時になんとも懐かしくあたたかなもので心が満たされる。でも、今のにぎやかで目まぐるしい暮らしもなかなかに楽しい……。

サクラの子は、同じ両国の搗米《つきごめ》屋升屋《ますや》へもらわれていた。搗米屋というのは、米問屋から玄米を仕入れ、精米して売る商いである。

お佐和は米を量る升の意匠を白く染め抜いた藍色の暖簾《のれん》を上げて店の中へ入った。

小ぢんまりとした店内には、唐臼《からうす》と千石通《せんごくどお》しがひとつずつ置かれている。

唐臼は、地中に埋まった臼の上に杵《きね》があり、それが木材とつながっていて、反対側の端を足で踏んで精米する。千石通しのほうは、搗いた米を流し入れて米と糠《ぬか》に篩《ふる》い分ける道具である。

そして、三つの籠にそれぞれ米が盛られており、産地と値が書かれた札がそえてあった。

江戸庶民は三日に一度くらいの割合で住まいの近くの搗米屋を訪れ、三、四升の米を買って帰って食す。搗米屋は小口の商いで、江戸で最も数が多い店でもあった。

「ごめんください」

帳場に座っていた主の丈吉《じょうきち》が「あっ」と声をあげた。三十前くらいの大柄でがっちりした男である。

いかつい体に似合わず、優し気な顔つきをしている。

「いらっしゃいませ。先日は子猫をお譲りくださりありがとうございました」

「こちらこそ、お米をたくさんいただきすみません」

「今日はどのようなご用向きでおこしくださったのでしょうか」

「子猫が元気にしているか見に参ったのです」

「やっぱり福猫屋さんにまつわるうわさはほんとうだったんですね」

丈吉がにっこり笑ったので、お佐和もほほえんだ。

「そのうわさというのは、『いきなりやって来て、場合によっては猫を連れて帰る』でしょうか」

「はい。だいたいそんなところです。『来る日にちはまちまちだから、いくら取り繕《つくろ》っても到底隠しおおせない』とも聞いています」

「それは申し訳ございません」

「いえいえ、当然ですよ。大切な子猫を譲っていただいたんですから。うちの米吉《よねきち》は元気にしていますよ。さあ、奥へどうぞ」

先に立って行った丈吉が障子を開ける。とたんに子猫が跳びついてきた。

「まあ、あたしのことを覚えてくれてるの？　えっと、米吉になったのね」

米吉がお佐和の胸に頭をぐいぐい押しつけてのどを鳴らす。米吉は毛並みもきれいでよく肥《こ》えている。

仕立物をしていたらしい丈吉の女房のお夏《なつ》が頭をさげた。二十半ばくらいだろうか。目が切れ長で色が白い。

「いらっしゃいませ」

「突然お邪魔してすみません」

「いえ、いいんですよ。むさくるしいところですが、どうぞ」

お夏が座布団をすすめてくれたのでお佐和は米吉を抱いたまま座った。お夏が仕立物を素早くたたむ。台所で茶菓の用意をするつもりなのだろう。

「あたしも昔、仕立物をしていたことがあるんですよ。米吉が邪魔をしたりしませんか？」

お夏がほほえむ。

「あたしが仕事をしている間は、そばに寄っちゃいけないことになってるんです。最初はわからなくていたずらしようとしてましたけど、叱ったらすぐ覚えました」

お夏が台所へ立つと、米吉がお佐和のひざからおりてお夏のあとを追った。首輪の鈴がチリチリと鳴る。

「これ、米吉。そんなにまとわりつかないで。ちょっと、お前さん」

台所へ行った丈吉が米吉を抱いて戻ってきた。

「ちょこまかしてて、熱い湯がかかりでもしたら大事《おおごと》なんだぞ」

丈吉が自分の鼻を米吉の鼻にくっつける。米吉が前足で丈吉のほおをさわった。

大切にされてるのね、米吉。お佐和はほっとした。

「さあ、どうぞ」

お夏が麦湯とかりんとうを入れた皿をお佐和の前に置いた。

「ありがとうございます。いただきます」

米吉が丈吉のふところにもぐりこむ。どうやら眠たくなったらしい。

「良い名をつけていただいたんですね」

丈吉が得意そうな表情になる。

「商売ものの米と丈吉の吉をとって米吉」

お夏が口をとがらせる。

「もっと猫らしいのにすればいいのに」

「夏太郎《なつたろう》だって猫らしくねえじゃねえかよ。あ、女房は夏太郎にするって言ってたんですが、こいつが米吉のほうを先に覚えちまったもんで、面白くないんですよ」

「そんなせまい了見じゃありません。あんたはいつも勝手なんだから」

「しょうがねえだろ。先に覚えたほうにするってふたりで決めたんだからさ」

「夏太郎のほうが絶対早く覚えると思ったのに」

「ずいぶんかわいがっていただいてるんですね。安心いたしました。ありがとうございます」

「いいえ、お礼を言うのはこっちのほうですよ。米吉のおかげで毎日が楽しくて。ねえ、お前さん」

「おう。ちっこくてふわふわの生き物がいると心がなごむよなあ。あと、米吉のためにがんばって働くぞって、こう、力がわいてくるっていうか」

「それはようございました。米吉は幸せな子です」

「俺は米問屋の手代《てだい》だったんですよ。でも、番頭にはなれそうにないのでやめてこの店を始めたんです。力仕事には自信があったから。うちみたいな小商いはお客も日に二十人がいいとこで。仕入れとここの店賃《たなちん》、あと女房とふたり暮らしのかかりを引いたらどれだけも残りゃしねえ。まあ、お夏が働いてくれてるんで大助かりなんですけどね」

丈吉がほうっと息を吐く。

「困っちゃいねえけど、先行きが明るいわけでもない。体がきつくなって米が搗けなくなったら、商いの株を誰かに売って長屋へ引っ越す。炭だか附木《つけぎ》だかなんかを売って日銭を稼ぐ。こういっちゃ罰が当たるかもしれねえけど、なんだかつまんねえなあって……」

「あたしもですよ。仕立物の内職だって、この人が働けなくなったらこれで食べてかなきゃなんないんだって思ったら、すごく気が滅入っちまって。子宝に恵まれなかったのは寂しいけど、いたらいたで暮らしが大変で、親らしいことはしてやれなかっただろうから、これでよかったのかもしれないとか考えてる自分が嫌になるんですよ。でも……」

お夏が丈吉のふところから米吉を引っ張り出して、高い高いをする。寝ぼけ眼《まなこ》の米吉が〈うにゃっ〉と鳴く。

「この子がうちに来てくれてから、気持ちが前向きになって、やる気が出てきたんです。お前はすごいぞ、米吉」

米吉を抱きしめ、お夏がほおずりをする。

「俺も張り合いができたっていうか。しっかり稼がなきゃって、唐臼を踏む足にも力が入るってえもんです。ほんとすげえな、米吉」

ああ、米吉はこの夫婦の生きがいになってるんだ。ほんとに良い人たちにもらわれたね、米吉。

「どうか米吉を末永くかわいがってやってくださいませ」

お佐和は深々と礼をした。

2

搗米屋からの帰り道、お佐和は小間物屋へ寄り道をした。米吉が幸せに暮らしていたので心がはずみ、ふと身の回りの物を買いたくなったのだ。

お縫ちゃんにもなにかお土産《みやげ》を買って帰ってあげよう。なにがいいかな……。

小間物屋で買い物をするのはほんとうに久しぶりだ。忙しいのは今も変わらないから、心のゆとりがなかったとかそのあたりが足が遠のいていた理由なのだろう。

お佐和を入れて客は六人。それほど広くない店の中は少し混み合っている感じがする。

半襟《はんえり》、帯締め、手鏡、櫛《くし》、紙入れ、髪油……。

お縫ちゃんにあげるのは使ってくれる物がいいわよね。紅とか白粉《おしろい》より、手拭なんかがよさそう。

見かけによらずと言っては失礼かもしれないが、お縫ちゃんは意外にかわいいもの好きだから、色も柄もそういうのにしてみようかな。

あ、そうだ。地味なのとかわいいのと二枚買って、好きなほうを選んでもらおう。残ったのはあたしが使えばいい。

お佐和が手拭を品定めしていると、店の奥にいる若い娘ふたり連れの話し声が耳に入った。

「この簪かわいい」

「わあ、猫が昼寝してる」

「うちの猫もこんなかっこうで縁側で昼寝してるの。よくできてる」

「猫が好きな人が作ったのかもしれないね」

「一朱《しゅ》だって。買おうかな」

「安いからあたしも買おうかな、おそろいで。あ、でも、こっちの顔を洗ってる猫の簪にして、ときどき取り換えっこしようか」

「それがいい！　そうしよう！」

そっと振り返ると、ふたりとも商家の娘らしかった。着物や持ち物で裕福だとわかる。

この身なりなら、一朱を『安い』と感じているのにも得心がいく。この娘たちにすれば、小遣いで十分買える値なのだろう。

一方でお佐和は猫の簪というところに引っかかった。繁蔵が作って福猫屋で売っている簪も猫をあしらったものだ。

いくつか種類があるが、昼寝をしている猫と、顔を洗っている猫のものもある。しかも、売値は二朱。この店の倍の値だ。

物の値段は皆そうだが、簪の値にも相場というものがある。材料と手間賃はそうそう変わらないので、半額ということは、繁蔵の簪とはまったく違うものだということだ。

それに、そもそも福猫屋の簪は、繁蔵が形を考えたものだ。福猫屋でしか売っていない。

あたしったら、ついあわててしまって……。お佐和は苦笑した。

娘ふたり連れが簪を買って帰ったので、お佐和は手代らしき奉公人に声をかけた。

「すみません。今の娘さんたちが買っていった簪、同じものがあったら見せていただけますか？」

たちまち手代が笑顔になる。

「はい、ございます。近ごろ仕入れた品なんですが、猫の姿がかわいらしいと人気がありまして。並べるとすぐに売れてしまうんですよ」

「そうなんですね。娘が猫好きなもので……」

手代が出してきた二本の簪を手に取ったお佐和は、心の中で「あっ！」と声をあげた。

福猫屋で売っている繁蔵の簪と、そっくり同じものだったのだ。見た目はもちろん、手触りや重さから考えて、材料もおそらく同じものを使っているのだろう。

急にお佐和は胸がどきどきした。いったいどこのだれが作っているのか……。

「ずいぶん安いんですね」

手代が怪訝《けげん》そうな顔をしたが、お佐和は重ねて言った。

「この手の簪だと、普通は二朱以上しますでしょう」

良く売れるようにと、繁蔵は相場より安めに値をつけてくれていたのだ。

「え、あ、まあ、そうですが……」

手代の目が泳ぐ。帳場に座っていた年かさの番頭がやって来た。

「問屋の話だと、その品を納めている職人は弟子を二十人近く抱えているので、一度に多くの簪を作ることができるらしいんです。たくさん仕入れるので材料代も安くつくとか、手間賃が安く済むとか、まあいろいろからくりがあるようですが、ものはちゃんとしておりますので」

「なるほど、そういう事情だったんですね」

「そこは近ごろ猫の簪ばっかり作ってるらしいんですよ。手前どもはこのふたつしか仕入れてませんが。まあ、親方が猫好きなんでしょうな」

番頭が笑ったのでお佐和も調子を合わせたが、おそらく顔が引きつっていることだろう。

弟子をたくさん抱えたその錺職《かざりしょく》の親方に、お佐和は心当たりがあった。猫好きなどというほほえましいものではない。

明らかに繁蔵に意地悪をしているのだ。その男の陰謀のせいで、繁蔵は作った品を小間物問屋へ納めることができず、福猫屋で簪を売るようになったのだから。

お佐和の亡夫松五郎と繁蔵の兄弟子、政吉《まさきち》の仕業《しわざ》に違いない。政吉は松五郎が遺した弟子たちを引き取ったが、ほどなく亮太を破門してもいる。

あの政吉がまた、嫌がらせを仕掛けてきた……。いや、まだ、そう決めつけるのは早い。

もっとよく調べなければいけない。まずは繁蔵さんに事の次第を知らせよう……。

「やっぱり政吉の野郎の仕業だった」

繁蔵が仕事場の床にどかりと座った。お佐和が小間物屋で見聞きしたことを話すとすぐに、繁蔵は自分の目で確かめると言って出かけたのだった。

「お佐和さんが寄った店の他に三軒小間物屋を回ったんだが、どの店も俺が作って福猫屋で売ってるのと同じ、猫をあしらった簪を置いていやがった。銀の平打ち簪も、びらびら簪もな。ただし、細かく言うとそっくりそのままってわけじゃねえんだ。素人目にはわかりにくいだろうが、猫の尻尾や足の向き加減なんかがちょっと違ってたりする。もし俺が文句をつけたら、同じ簪じゃねえって言い逃れをするつもりなんだろう」

お縫がついだ麦湯を、繁蔵が一気に飲み干す。

「知り合いの錺職に聞いてみたら、政吉のやりようが仲間内でいろいろうわさになってるってさ。なんでも、大勢の弟子を使って猫の簪を何種類も作って、一気に江戸じゅうの小間物問屋に納めたらしいんだ。修業中の弟子たちは無給だから手間賃は抑えられるし、たくさん買うんで負けろって吹っ掛けて材料代も安くあげたみてえだ。だから、相場の半額で売っても政吉は充分儲かるってえ寸法よ。俺への嫌がらせっていうか、自分の父親に目をかけられてた俺が妬《ねた》ましくてつぶしてやろうということなんだろう。でも、他の錺職たちもこれをやられると飯の食い上げになっちまう。いくらなんでもやり過ぎじゃねえかって。でも、政吉は力があるから面と向かって言える奴なんかいねえよな」

繁蔵の話を聞いていたお佐和と亮太、お縫は深いため息をついた。

「半分の値で売られたらどうしようもねえ。これでもう福猫屋の簪は誰も買わなくなっちまった。すまねえ、お佐和さん」

頭を下げる繁蔵をお佐和は押しとどめた。

「頭を上げてくださいな、繁蔵さん。実は簪の売り上げは、もともと福猫屋の儲けの中に入れてないんです。だから簪が売れなくても店が困ることにはならないんですよ」

「どういうことだい？」

「うちの人は、弟子たちが修業を終えて巣立っていくときにわたすつもりで、ひとり分ずつお金を貯めていたんです。だからあたしも亮太に同じことをしてやりたくて、繁蔵さんが納めてくださる簪の儲けは亮太のために全部蓄えていました」

「えっ」っと言ったきり、亮太がうつむく。繁蔵が照れたような笑みを浮かべ、うなじに手をやった。

「……まいったなあ。実は俺も同じことをしていたんだ。簪の売り上げの俺の取り分は、亮太のために手をつけずにとってある」

「親方もおかみさんもありがとうございます。俺はなんて幸せ者なんだろう……」

「そう思うんだったら、しっかり修業しろ」

「はい。あ、それと、親方の死に水は俺が取らしてもらいますから心配しねえでください」

〈ゴツン！〉

「痛ってえ……。いい話なのになんで拳骨」

「俺を勝手に殺すんじゃねえ」

　顔をしかめていた繁蔵がふと真顔になる。

「お佐和さん、つかぬことを聞いちまうが、松五郎が弟子たちのために貯めていた金は、ひょっとして政吉に？」

「ええ。どういうお金かというのを話しておわたししました」

「ふうん。で、亮太の分は破門されたときに返してよこしたかい？」

「……いいえ」

「だろうと思った。松五郎のことだ、はした金じゃあるめえ」

「うちに修業に来てから毎年一両ずつ取り除《の》けていたので、六両です」

「ねこばばするには大きすぎる額だが、返すつもりはねえだろうな」

「そんな」とお縫がつぶやく。

「返せと言ったら、食費だの迷惑料だのを差っ引いたら足りねえくらいだとかごねるにきまってらあ。今のところは黙っておくほうが賢いと俺は思う」

黙ってお佐和はうなずき、亮太が唇をかみしめた。お縫が拳骨を畳にぐりぐりと押しつけている。

「政吉さんにお金をわたさないほうがよかったでしょうか」

「いいや。わたしたからこそ亮太は無事に返してもらえたし、他の弟子たちも修業を続けられているんじゃねえかな。お佐和さんのしたことは間違ってねえよ」

お佐和はあらためて政吉の怖さを思い知った気がした。と同時に、このまま負けてなるものかという思いが頭をもたげる。

「繁蔵さん。簪を作ってくださいな」

「いや、でも、売れねえものを作ってもなあ。材料がもったいねえ」

「今までのみたいなのじゃなくて、うんと高価な簪をお店におきたいんです」

「そんなのますます売れねえじゃねえか」

「売れなくてもいいんです。繁蔵さんはこんなにすごい簪が作れるんだってことをお客さんたちに知ってもらえればそれで」

お縫も大きくうなずいた。

「そうですよ。これで作るのをやめたら政吉の野郎の思う壺だもの。政吉より繁蔵さんのほうが腕が上だってことを見せつけてやりましょうよ」

「おいおい……」

「俺も見てえです。親方のすげえ簪」

「なんだなんだ。皆して……。でも、まあ、なんだな。このまま引き下がっちゃ男がすたるってもんよなあ」

「そうこなくっちゃ！」

お縫と亮太がうれしそうに笑う……。

3

お佐和には気になるお客がいた。よく猫を借りに来る梨野権兵衛《なしのごんべえ》という、胡散臭《うさんくさ》い名の浪人者だ。

年のころは三十くらい。背がひょろひょろと高く、色が白くてわりに整った顔立ちをしていた。

着物は垢《あか》じみているが、金はきちんと払う。猫を借りる前に牡丹餅やお汁粉を食すのが常だった。

「権兵衛様は甘い物がお好きなんですねぇ」

お駒の言葉に、権兵衛がはにかんだような笑みを浮かべてうなずく。

「ここの牡丹餅と汁粉はうまいのう」

食べ終わった権兵衛がうれしげに黒猫を抱き上げた。

「今日はこの猫を借りることにいたそう」

「権兵衛様、そんなに猫がお好きなら、いっそのことお飼いになればよろしいのに」

忠兵衛の言葉に権兵衛が眉尻を下げる。

「そうしたいのはやまやまだが、母上が猫嫌いでな」

「『飼いたいのです』と押し通してしまえばようございましょう」

「そんなおそろしいこと、俺にはとても無理じゃ」

「権兵衛様はどのようなお仕事をされておいでなのですか」

お駒が興味津々という様子で身を乗り出したので、権兵衛が気圧《けお》されたように体を引いた。

「し、商家の帳付けをいたしておる。二軒掛け持ちだがなかなか厳しい。まあ、ここで猫を借りて帰ることは母上も大目に見てくださるゆえ。……さて、そろそろ帰るか」

権兵衛が猫をふところに入れて立ち上がる。

権兵衛が店を出たあと、老人四人組が額を寄せ合って、ひそひそと話を始めた。行儀が悪いことをしてはいけないと思いながらも、お佐和はつい耳をそばだてる。

「ああ、権兵衛様は相変わらずだ。あたしゃいつも、しっかりしなって背中をどやしつけたくてたまらなくなっちまう。だけど、『ななしのごんべえ』だなんて偽名ですよと言わんばかりだけど、大丈夫なのかねえ」

「俺もそう思ったんだけどさ、お駒さん。あまりにもそれっぽいから、意外と本名なのかもしれないよ」

「俺も徳さんと同意見だ。金もきちんと払うしな」

「でも、猫さらいの疑いは晴れちゃいないよね」

お滝の言葉に、残りの三人がうなずいた。お佐和が一番心配しているのもそのことだったのだ。

「また一匹さらわれたんだって。それがけっこう近くでね」

「えっ、これで何匹目だ？」

「八匹目だよ、たしか」

「ううむ、問題だな」

「福猫屋も気をつけないと。権兵衛様にだって気を許しちゃだめだ」

たまらずお佐和はお年寄りたちのところへ行って座った。

「すみません。猫さらいのこと、詳しくお聞かせいただけませんか」

「いいともさ。おかみさんも心配だよねえ。あたしの知り合いの知り合いの猫がいなくなっちまってね。気をつけて外へ出さないようにしてたんだけど、ちょっと油断した隙に抜け出したらしい。それっきり戻ってこないっていうんだよ。利口な猫だから知らない人について行ったりはしないし、遠くへ遊びに行っても必ず帰ってきてたから、これはかどわかされたに違いないって話さね」

「どんな毛色の子だったんでしょう」

「生まれてふた月半のサバトラの雌猫だって。トラ猫だから三味線屋に売るためにかどわかされたのかもしれないけど、さらわれたんじゃないかって言われてる八匹のうちには黒猫もいるからね」

徳右衛門がつぶやく。

「猫さらいはひとりじゃないのかもしれないな」

「三味線屋に売った奴と、そうじゃない奴。でも、三味線屋に売らなかった奴はどうして猫をさらったんだ」

「猫が欲しいんだったら、人様の猫じゃなくて拾えばいいんだから」

「世の中には猫をいじめて喜ぶけしからん輩《やから》がいると聞いたことがあるけれど、そいつだってわざわざ飼い猫をさらう理由はないよな」

「わかんないことだらけで面目ないけれど、こんなところかね」

「いいえ、助かりました。ありがとうございます。うちのかわいい猫たちがさらわれないようによく気をつけます」

「権兵衛様もなんかあやしいんだよなあ」

「あやしいっていうか、変な感じなんだよ」

「そう。なんかちぐはぐで」

「ちぐはぐってどういうことですか？」

「着物は垢じみてるのに、月代《さかやき》やひげはちゃんと剃《そ》ってるだろ」

「帳付け二軒掛け持ちしてるけど厳しいって言ってるわりに、猫は月に五度くらい借りに来てるし。五百文だよ。長屋のひと月の店賃じゃないか」

「あと、長屋暮らしにしちゃあ品があるなと思って」

言われてみれば、みんな思い当たることばかりだ。さすがにお年寄りたちは権兵衛様をよく見ている。

感心すると同時に、あたしももっとしっかりしなくてはと思うお佐和であった。

「この間言ってた簪ができあがったんだ」

仕事場におやつの饅頭《まんじゆう》と麦湯を持ってきたお佐和とお縫は、繁蔵と亮太の向かいに座った。政吉と弟子たちが作った安値の猫簪が出回り始めてひと月ほどがたっている。

繁蔵が根《こん》を詰めて仕事をしているのは察していたが、もう簪が完成したとは……。

「ちょっと見てもらえるかな」

紫色の袱紗《ふくさ》に包まれた簪を、お佐和は押しいただくようにして受け取った。そっと袱紗を開く。

現れた銀の簪に、思わずお佐和は息をのんだ。なんてきれいなんだろう……。

横から遠慮がちにのぞき込んでいたお縫が「すごい」とつぶやく。

可憐な二匹の猫が蝶《ちょう》と戯れ、いろいろな大きさの玉飾りがついた鎖が何本も下がっている。繊細で美しく、そして上品な仕上がりだった。

錺職を三十年やってきた繁蔵が、持つ技を駆使した簪にため息が出る。

「こんな見事な簪は生まれて初めて見ました。胸がどきどきします」

繁蔵が晴れやかな笑みを浮かべた。

「俺、出来上がった簪を初めて見せてもらったとき、思わず『わあっ！』って叫んじまいましたもん。親方って、ほんとうはすごい人だったんですね」

ほおを上気させている亮太の頭を繁蔵が小突く。

「こいつ、今ごろ言ってやがる」

「だっていつもは鶴の恩返しだし……」

「なにか言ったか？」

「いいえ！」

お縫がふうっと大きく息を吐いた。

「あんまりすごくて、息をするのを忘れちまってた。店に置いたらお客さんたちが大騒ぎしますよ」

「ほんとにそうよね」

「でも、まあ、いわゆる眼福《がんぷく》ってやつだな。ここまで作り込んじまったら、福猫屋ではもちろん、たいていの小間物屋でもめったに売れねえ」

照れ笑いをする繁蔵に、お佐和はほほえんだ。

「いいじゃないですか。職人の矜持《きょうじ》を見せたんですから。うちの人が生きてたら、きっと悔しがったと思います」

「まあ、こういう簪を作りてえと思ってても、皆、目の前の仕事に追われちまってかなわねえからなあ。いやあ、いい思いをさせてもらった。お佐和さん、ありがとうよ」

「いえいえ、あたしはなにも」

「背中を押してくれたじゃねえか。おかげで職人冥利《みょうり》に尽きる仕事をさせてもらった。……さて、これからはうんと鍛えてやるから覚悟しとけよ、亮太」

繁蔵がにやりと笑って亮太の肩をぽんとたたく。

「ひええ……よ、よろしくお願いします。ところで親方、この簪はいくらの値をつけるんですか」

「まあ、三十両ってところだな。誰も買わねえだろうが」

職人の中で最も稼ぎがいいと言われる大工の年収が二十五両足らずである。庶民には絶対に手の届かない金額だった。

「稼げるようになったら俺が買います」

「ほう。それは楽しみだな」

お縫がぼそりと言う。

「あたし、おしゃれに興味はないけど、この簪はほしいな。がんばってお金貯めよう」

繁蔵が目を丸くする。

「なんだか、今、最高の誉め言葉を聞いた気がするぜ……」

亮太が正座をして背筋を伸ばした。

「あのう……実は俺も見ていただきたい物があるんです」

亮太はふところから紙包みを取り出して広げ、床に置いた。

「おう、鈴か」

お佐和と繁蔵、そしてお縫はそれぞれ手に持ってながめた。

「猫の顔の形をした鈴ね。かわいい」

お佐和は耳元で鈴を振った。ちりりんと澄んだ音がする。

にこりとお縫が笑った。

「へえ、亮太はこんなのが作れるようになったんだ。すごいな」

鈴を仔細《しさい》に検分していた繁蔵がふむふむとうなずく。

「ははあん、三角の小さい二枚の板を耳に見立てて、大きめの鈴にくっつけたんだな。目と鼻と口とヒゲを彫って……なかなか愛嬌のある顔つきじゃねえか。今の自分にできることを全部やって作ってみたってか。お前にしては上出来だ」

「ありがとうございます！」

最近亮太は、猫を里子に出すときの首輪につける鈴作りを任されている。その技を駆使してこの鈴を作ったということなのだろう。

「俺、これを福猫屋で売りたいんです」

「赤、黄、緑、紺っていうふうに、見栄えがする紐《ひも》をつけて並べたら、かわいいから売れると思う。あたしはかまわないけど、繁蔵さんは？」

「この出来だったら、まあいいだろう」

「やった！」

「よかったな、亮太。あたしもひとつ買うから」

「ありがとう、お縫さん」

「店での売り値はいくらにしましょうか？」

「……百五十文ってところだな」

「えっ！　そんな高値で！」

「馬鹿野郎！　俺が同じ物を作ったら五百文はくだらねえんだぞ。こんな素人に毛が生えたような細工物ができたからって浮かれてちゃだめだ。もっともっと精進《しょうじん》しねえと」

繁蔵に叱られて、たちまち亮太が神妙な顔つきになった。

「それにしても、師匠の俺がこんなすごい簪を披露したあとで、よく自分の鉾を見せる気になったな。お前ってやつは、よっぽど度胸がいいのか、それともひどく頭が悪いのか」

繁蔵がにやりと笑う。亮太が真っ赤になった。

「すみません……」

いつもの亮太なら口をとがらせてすぐに言い返すのだが、とてもそんな気にはなれないらしい。それほど繁蔵の簪に圧倒されたということなのだろう。

だがお佐和は、亮太が精一杯がんばって福猫屋のために鈴を作ってくれたことが大変うれしかった。政吉の意地悪のせいで、店では安価な簪が全然売れなくなってしまっている。

店の棚に並ぶ品が減って寂しいのを気にして、なにか自分にできることはないかと、亮太なりに一生懸命考えたのだろう。

お佐和は涙ぐんでしまいそうになるのをなんとかこらえた……。

「ひゃあ!」

「すごいな!」

「きれい!」

「お見事!」

お年寄り四人組がひと言ずつ叫んだきり、無言で簪を見つめている。

やがて、皆示し合わせたように大きなため息をついて、その場に座り込んでしまった。

「眼福、眼福」

「長生きはするもんだ」

「繁蔵さんって人は、ただ者じゃあなかったんだな」

「猫をうんと怖がってたけどね」

四人ともうっとりとした目つきで宙を見つめている。

しばらくして、お駒が「あっ」と声をあげた。

「新しい品が並んでるよ」

「まあ、かわいい猫だこと」

「なかなか味がある」

「これは鈴だよな」

忠兵衛が手に取ってそっと振った。

「いい音だねえ。あたし三つもらおう。自分と知り合いの分」

「あたしも三つ。自分と嫁と孫に」

「じゃあ、俺も三つ。かみさんと嫁と自分」

「忠兵衛さん。おかみさんにあげるんなら、お嫁さんにはやめておきなさいな。もめ

と思う」

るもとだよ」

「お駒さんの言う通り。三つにするなら、お嫁さんはやめてお孫さんにあげるといい
「そんなもんなのか。じゃあ孫娘にやろう」

「俺も自分とかみさんと孫に。紐の色、迷っちまうな」

「俺、自分のは赤い紐にするから、徳さんもそうしなよ」

「なにが悲しゅうて忠さんとおそろいにしなきゃならねえんだ」

「なんだよ。友だち甲斐のねえやつだな」

「あたしたちはおそろいにしようよ、お滝さん」

「そうだね。紫はどう？」

「あ、あたしもそう言おうと思ってたとこ」

「なあなあ、徳さんは何色にするんだ？」

「教えない」

「ちぇっ」

あっという間に猫の顔の鈴が十二個も売れた。

「おかみさん、なんだかすごくうれしそうだね」

鈴を紙に包んでいたお佐和は、お駒に言われて顔を上げた。

「実はこの鈴、甥の亮太が作ったんですよ。だから皆さんが買ってくださったのがうれしくって」

「へえ。あ、ひょっとして、亮太ちゃんが作った物が棚に並ぶのって初めてじゃないかい」

「ええ、そうなんです。だからよけいにうれしいんですよ。お買い上げありがとうございます」

「亮太もなかなかいい腕をしてるんじゃないか」

「うん。仕事が丁寧だしな」

「猫の表情に愛嬌があるわね」

お年寄りたちの言葉にお佐和の心ははずんだ。亮太に伝えたらさぞ喜ぶことだろう。

亮太の鈴はこのあともよく売れて、作るのが追い付かなくなるほどだった。客は皆、繁蔵の簪を見て魂を抜かれたようにしばらくぼうっとし、おもむろに我に返って、亮太の鈴をいくつか買っていくのだった。

「なんだか俺の簪が亮太の鈴の引き立て役になってる気がするんだが」とぼやきなが

らも、繁蔵はどこかうれしそうである。

4

年中無休だった福猫屋だが、近ごろは休みを取るようになった。月に三度、六のつく日は休業にしている。

今日は水無月《みなづき》に入って最初の休み。猫たちの世話を終えたお佐和は、店の座敷で花巾着を作りながら夕餉の献立を考えていた。

いつもばたばたと作ってしまうので、休みの日くらい手の込んだものを作りたい。暑いからさっぱりしていて滋養のあるものが好ましい。

ちなみに昼餉《ひるげ》は素麺《そうめん》にするつもりだ。ネギとミョウガを薬味にして食べる。亮太の好物でもあった。

店は休みだが猫たちは座敷のあちらこちらで転がって眠りこけている。障子と襖を開け放していると、庭からの風が吹き抜けて涼しいのだ。

家の中のどこが夏涼しくて、冬暖かいのか、ほんに猫たちはよく知っていること。お佐和はいつも感心してしまう。

餌をお腹いっぱい食べ、気持ちよさそうに眠っている猫たちを見ていると、お佐和も眠気がさしてきた。

お休みなんだもの。寝ちゃってもかまわないわよね……。

いそいそと作りかけの花巾着を小さな籠に入れ、針の本数を確認して片付ける。さて、これでよし。

枕はふたつ折りにした座布団だ。横になろうとしたお佐和は、誰かの足音が聞こえた気がして耳をすませた。

空耳ではない。確かに誰かがこちらへやって来る。

今日は休みだと玄関に札を出しているのだが……。とりあえずお佐和は縁側に出た。

現れたのはきちんとした身なりの侍だった。あわててお佐和は縁側で正座をして頭を下げた。

「いらっしゃいませ。申し訳ございません。本日福猫屋はお休みをいただいております」

「もちろん存じておる。今日はおかみさんに少々相談があって参ったのだ。せっかくの休みにすまぬ」

えっ、この声はもしかして権兵衛様？　お佐和は顔を上げ、失礼にならないように気を配りながら侍の顔をよく見た。

確かに権兵衛様だ。いつもは垢じみた着流し姿で小刀しか差していらっしゃらないから見違えてしまった。

絽《ろ》の着物に袴《はかま》をつけた権兵衛は、その顔立ちも相まって、なかなかの姿よしに見える。

「いつもとは風体《ふうてい》が違うゆえ、俺とはわからなんだのではないか」

驚きが顔に出てしまったのかもしれない。「いいえ、そんなことは」と言いながら、ほおが赤くなっているのが自分でも感じられる。

権兵衛がくすりと笑った。

「上がらせてもろうてもよいか」

「はい。では客間へご案内いたします」

「いやいや、ここでよい」

「承知いたしました」

「おお、皆よう寝ておる。かわいいのう」

権兵衛が猫たちを見て目を細める。お佐和はお縫を呼んで、茶菓を持ってきてくれるように頼んだ。

「用件を申す前にきちんと名乗らねばならぬな……。旗本五千五百石久貝《くがい》家お納戸方《なんどがた》下役、梨野権兵衛と申す」

ええええっ！　旗本五千五百石！　久貝家！　お佐和は心の中で叫んだ。権兵衛様が大身旗本のご家臣だったとは。

「久貝家って、あの市谷柳町《いちがややなぎちょう》の久貝遠江守《とおとうみのかみ》様ですか？　銀杏坂《いちょうざか》の」

「う、あ、ま、まあ、そうだ」

久貝家は寛平年間（八八九〜八九八）までさかのぼることができる江戸開府以来のお旗本で、屋敷にある銀杏稲荷《いなり》とご神木の銀杏の大木にちなみ、近くの坂に『銀杏坂』の名がついたのである。

「梨野様がそのような身分の高いお方とは存じませんで、ご無礼いたしました」

頭を下げるお佐和を、権兵衛は手をひらひらさせて止めた。

「あ、いつものように権兵衛でよい。無礼も何も、こちらが隠しておったのだから詫びなどいらぬ。それに身分が高いのは久貝家であって、俺は士分とは名ばかりの軽輩ゆえ、どうか気楽にしてくれ」

権兵衛はそばで寝ていた三毛猫をひざにのせていとおしそうになでた。

「猫嫌いの母上のせいでお長屋では猫が飼えぬ。だから非番の日ごとにここで猫を借りて帰っておったのだ」

「失礼いたします」

お縫が牡丹餅と麦湯を折敷《おしき》にのせて現れた。

「せっかくの休みに、面倒をかけてしもうてすまぬな、お縫」

怪訝そうな表情を浮かべていたお縫が小さく「あっ」と声をあげた。目の前に座っている侍がだれなのかわかったらしい。

「滅相《めっそう》もございません。どうぞごゆっくりなさってくださいませ」

お縫が部屋を出て行くと、権兵衛は照れくさそうに笑った。

「素性がばれてはならぬと思うてわざとだらしのない格好をしてここへ参っておったが、いささかやり過ぎであったようだ」

お佐和は権兵衛に笑顔を向けた。

「いえいえ、どうぞお気になさいませんよう」

あ、そうだ。権兵衛様は猫さらいではなかったということになる。ほんによかった……。

権兵衛はしばらくもじもじしていたが、意を決したように口を開いた。

「あ、あのう、相談というのは……。久貝家の大殿様が、ぜひ福猫屋に行ってみたいと申されておるのだ」

「ええっ！」

思わず声をあげたお佐和に驚いたらしい権兵衛が、なぜか手で自分の口を押さえる。

大殿様というのは、久貝家のご当主のお父上様のことだろう。つまり、先代のご当主。五千五百石の旗本のお殿様だった方が、福猫屋へ来られるということになる。

お佐和はすっかり動転してしまい、心の中で『そんな、まさか、そんな、まさか』と言い続けていた。

遠慮がちな権兵衛の咳払いに、お佐和ははっと我に返る。

「先日こちらの猫を借りて帰った折、同僚の急な病で出仕せねばならなくなってのう。借りた猫をお長屋に置いておくわけにもいかず、お屋敷に連れて行き、布団部屋にこっそり隠しておったのだ。すまぬ」

権兵衛が麦湯をひと口飲んでため息をついた。

「布団部屋にネズミがおったらしゅうて。猫がネズミを捕まえようとして走り回り、バタバタと音がするのを不審に思うた者が布団部屋の戸を開けてしまい、猫が紛れ込んでいると大騒ぎになった。俺が泡を食って飛んで行ってみると、得意そうにネズミをくわえた猫を真ん中に皆がわあわあと言うておってな。いやいや、もう、肝《きも》がつぶれるかと思うた」

うちの子がそんな目にあっていたなんて。でも、無事に帰ってきたんだから。落ち着かなくっちゃ……。

「かねてからネズミの気配がするので、知り合いに猫を借りて布団部屋へ放したのだと言い逃れをし、なんとかその場を取り繕い戻って来た。大切な猫を危ない目にあわせてしまい、まことに申し訳ない。このとおりだ」

頭を下げる権兵衛を、お佐和は止めた。

「どうぞ頭をお上げくださいませ。無事に帰って来さえすれば、私どもは何も文句はございませんので」

「そう言うてくれるとありがたい。で、次の日出仕すると、布団部屋のネズミ退治の一件を耳にした大殿、つまりご当主正満《まさみつ》様のお父上の正貞《まささだ》様が、『権兵衛、ほんとうのことを申せ』と、こうなのだ」

「まあ……」

「隠し事はございませんと申し上げたものの、『そなたはうそをつくと小鼻がふくらむゆえ』などと詰め寄られてはどうしようもなく。仔細を白状する羽目になってしもうた。俺は本来大殿のお顔を拝することができるような身分ではない。しかし大殿は大の猫好きでな。それが縁で俺のような者にもお声をかけてくださる。ありがたいのだが……。いや、まことにありがたいことだ、うん」

自分に言い聞かせるように、権兵衛はうなずいた。

「福猫屋のことを話したら、もう行ってみたいとの一点張りで。とうとうお忍びで参られることとなった」

「は、はい。ご事情は承知いたしました。私どもはいったいなにをすればよろしいのでしょうか」

「あ、えっと……なにもせぬでよい」

「え？」

「いつも通りにしてくれてかまわぬ。というか、普段通りにしていてもらわねば困る」

「どういうことでしょうか」

「大殿は、ただの猫好きの老人として、下々の者と交わりたいとおっしゃるのだ」

「はあ……」

「大殿は俺の伯父上ということにいたす。同じ浪人でも心がけが良いのでそれなりに金は持っているので、小遣いをもらう代わりに福猫屋へ連れてきたというような事情にしておけばよいかと思うて」

「承知いたしました」

「俺と大殿の素性は、家の者には話してもよいが、客たちには内密にな」

お佐和はこくりとうなずいた。

「あと、これが一番大事なことだが、大殿の年寄りの浪人としてのお振る舞いはあまりそれらしくなく、いろいろとぼろが出るだろうが素知らぬ顔をしておいてくれ。そして、いぶかしく思うであろう客たちをうまくとりなしてほしい」

「……なんとかやってみます」

「せっかくお忍びで参られるのだ。居心地よく、楽しく過ごしていただきたい。いろいろ迷惑をかけてしまい申し訳ないが、どうかよろしく頼む」

「精一杯務めさせていただきますので、どうぞご安心くださいませ」

ああ、権兵衛様は大殿様のことをとても大切に思っていらっしゃるのだ。だからあたしのような者にも、きちんと事情を話しに来られたのにちがいない。

お佐和は胸がいっぱいになった。できる限りがんばろう。

用向きがすんでほっとしたのか、権兵衛が大口を開けて牡丹餅をほおばった。あ、そうだ。肝心なことを聞き忘れている……。

「あのう、大殿様はいつうちにおいでになられるのでしょうか」

権兵衛がこともなげに答える。

「明日じゃ」

「ええっ！」

大変！　掃除！　まずはお掃除をしなくっちゃ！

「明日は少し涼しいとよいな」

権兵衛が目を細めながら麦湯をすすった……。

5

次の日、亮太、お縫、そして仕事場に泊まり込んだ繁蔵は夜明けとともに起き出し、家じゅうの掃除に勤《いそ》しんだ。前日だけでは終わらなかったのだ。

お佐和も皆と一緒に起床し、牡丹餅など猫茶屋でお客に出すものの仕込みを始めた。

暑い時期であるため、前日にこしらえて万一傷んではいけないと用心してのことである。いつにもまして細心の注意を払いながら心を込めてお佐和は菓子を作った。

朝餉《あさげ》を食べ、猫たちに餌をやり、店を開けてお客を迎え入れるころには、すでにお佐和はへとへとになっていた。だが、疲れたそぶりは絶対に見せてはならない。

そうだ。大殿様と権兵衛様がお帰りになったら早めに店じまいして、亮太に鰻飯《うなぎめし》を買って来てもらおう。今日の晩ご飯は鰻飯。これを励みにがんばる。

店を開けてほどなく、常連のお年寄りたちが次々とやって来た。

「お滝さん、おはよう。こっち、こっち」

「おはよう、お駒さん」

「今日はここが涼しいよ」

「ほんとだ。猫たちが寝てるものね」

「そうそう。猫に倣《なら》えば間違いない」

「朝からこんなに暑いんじゃたまらねえなあ」

徳右衛門が汗を拭きながら現れる。

「おかみさん、麦湯を一杯」

忠兵衛がやって来るなり麦湯を注文した。夏の間は濃く煮出した麦湯を井戸で冷やしておき、さらに冷たい井戸水で割っている。

出された麦湯を忠兵衛が一気に飲み干す。

「ああ、うまい。すっと汗が引く」

「あたしは麦湯と白玉をお願いします」

お滝がお佐和に声をかけると、残りの三人のお年寄りたちも当然という顔で同じものを所望《しょもう》した。

お佐和は小鉢に白玉を五つ入れ、ゆるめの餡《あん》を回しかけた。白玉も餡も冷たくしてある。

「ああ、白玉のこのもきゅっとした独特な歯触りがいいよなあ」

忠兵衛が嘆息すると、お駒が大きくうなずいた。

「あたしゃ、これを食べられるんだぞって自分を励ましながら暑い中がんばって歩いてきたんだから」

「あたしもおんなじ。頭の中で白玉がぐるぐる回ってたよ」

「夏は汁粉の代わりにこの白玉っていうのが、いい思いつきだよなあ」

徳右衛門の言葉に、お佐和はほほえみながら会釈《えしゃく》をした。

猫茶屋で出しているものは他に牡丹餅、甘酒、豆腐の田楽と変わりはないが、甘酒は冷やしてあるし、田楽はすでに味噌をつけてあぶってある。

お年寄りたちが店に来てから四半刻ほどが過ぎた。汗が引き、お腹も満ちて、歩いてきた疲れも相まって眠気がさしてきたものと思われる。

お年寄りたちは座ったまま居眠りをし始めた。まだ他に客は来ておらず、座敷には眠っているお年寄りと猫たちしかいない。

なんとものどかな様に癒《いや》されていたお佐和だが、急に眠くなってきた。思えばろくに寝ていない。

いけない。大殿様と権兵衛様がいらっしゃるというのに。お佐和は目を覚まそうと太ももをつねってみた。

だが、ちょっと気を抜くと、知らないうちに眠っていて、頭がぐらんと動き、はっと目が覚める。

このままでは本格的に寝てしまう。そんな失礼なことをしでかしたら大変だ。

お佐和は急いで台所に行き、種を抜いた梅干しを一粒口に放り込んだ。

「酸っぱい!」

体中の毛穴が開いた気がする。思わず背筋がぴんと伸びた。これでよし!

店へ戻った途端、庭から足音が聞こえてきた。お佐和の心の臓がぎゅんとはねる。

果たして、足音の主は権兵衛と大殿様であった。お佐和は急いで縁側に出て座り、両手をつかえる。

「いらっしゃいませ」

「ま、毎日暑いな。今日は伯父上と一緒に参った。よろしく頼む」

「ようこそおいでくださいました。こちらこそ、どうぞよろしゅうお願いいたします」

大殿様は中肉中背。切れ長の目をした美男で、銀鼠《ぎんねず》の着物に利休茶《りきゅうちゃ》の袴姿だった。絹物ではなく、質素な木綿《もめん》である。

そして、圧倒的な気品と威厳が全身からあふれているような気がして、お佐和はたじろいだ。もしかするとこれが畏怖《いふ》というものなのかもしれない。

身分が高いというのはこういうことなのだと、頭の隅でお佐和は妙に納得してしまった。

大殿様がほほえむ。

「よしなに」

けっして大きくないのによく通る凛《りん》とした声音だった。ひれふしてしまいそうになるのをこらえる。

いつも通り、いつも通り。今日は大殿様にうんと楽しんでいただかなくては。

お佐和が権兵衛と大殿を案内して座敷へ戻ると、なぜかお年寄りたちが目を覚まし、居住まいを正して座っていた。何かを感じ取ったのだろうか……。

「おお、皆そろうておる。今日は伯父上と参った。伯父上も俺に負けず劣らず猫好きでな」

「そうでしたか。どうぞご存分にお楽しみを」

お駒が頭を下げると、他のお年寄りたちもそれに倣った。やはり大殿様がただ者ではないということに勘づいたようだ。

「おお、皆、よう寝ておる。かわいいのう」

大殿が畳に座り、ハチワレ猫をひょいと抱き上げひざにのせた。途端に呪縛が解けたように、お年寄りたちがほうっと息をつく。

「よう肥えて毛並みも良い。幸せに暮らしておるのだな」

大殿が頭をなでると、猫が眠ったままごろごろとのどを鳴らす。

「伯父上、何か召し上がりますか」

「そうじゃなあ。どんなものがあるのであろうか」

「白玉に牡丹餅、甘酒、豆腐の田楽がございます」

「おすすめはどれかのう」

意を決したようにお駒が口を開いた。

「あたしどもは、さきほど白玉をいただきました」

「さようか。ではわしも同じ物を」

「では、白玉と麦湯をふたつずつ頼む」

「ありがとうございます」

「おかみさん、あたしは牡丹餅をひとつ。皆も食べる？」

お駒に聞かれて他の三人がうなずく。やはりお駒さんは度胸があるのだと、お佐和は感心した。

大殿は木の匙《さじ》で白玉と餡をすくい、大口を開けてほおばった。ふむふむとうなずいていたのが、急に笑顔になる。

「まことに美味。このもきゅっとした歯触りもたまらぬなあ。冷やしてあるのもいき届いておる」

忠兵衛がここぞとばかり、うれしそうに身を乗り出す。

「『もきゅっ』はいいですよねえ」

「うむ。面白い」

「さすがわかっていらっしゃる」

「近ごろあたしはこれを毎日食べるのが生きがいなんですよ」

お滝の言葉に皆が賛同する。

「さもあろう。さもあろう。わしも毎日食したいものじゃ。のう、権兵衛」

「承知いたしました。申し伝えます。ええと、その折は私もお相伴《しょうばん》いたしたく」

「よきにはからえ」

「はっ、ありがたき幸せ」

両手をつかえて深々と礼をした権兵衛を、お年寄りたちが驚いたように見つめている。そして顔を上げた権兵衛とお年寄りたちの目が合い、一瞬ののち、皆がぱっと目をそらした。

「し、しまった。伯父上だった」

あせる権兵衛に大殿が舌打ちをする。

「しっかりせよ、権兵衛」

「申し訳ございませぬ。『よきにはからえ』につい……」

大殿が苦笑いをする。

「おいおい。まるでわしが悪いようではないか」

「い、いいえ！　滅相もございませぬ！　……あっ、またやってしまった」

権兵衛が口の中でもごもご言いながら顔を赤らめた。

「まぁ、あれだ。福猫屋の白玉はうまいってことだよ」

「だな、忠さん」

お佐和も明るく調子を合わせた。

「ありがとうございます」

どっと皆が笑った。少しわざとらしいのはご愛嬌だ。

笑い声で目を覚ました白い子猫の浅吉《あさきち》が大殿のそばにやって来た。しげしげとひざのあたりのにおいをかいでいる。

「わしが珍しいか。愛《う》いやつじゃ」

大殿が目を細めて浅吉の頭をなでる。伸び上がって大殿の胸をかいでいた浅吉が、いきなりふところに頭を突っ込んだ。

「これっ！　浅吉！　だめよ！　申し訳ございません」

お佐和は驚いて浅吉を引きはがそうとしたが、大殿が手で制した。

「よい、よい」

浅吉がぱっと大殿から飛び離れた。口に何かをくわえている。お佐和は血の気が引いた。

「いけません！　浅吉！　返しなさい！」

浅吉はものすごい勢いで家の奥へと駆け去った。

「すみません！　すぐにつかまえてきます！」

泡を食っているお佐和に、大殿が鷹揚《おうよう》に笑う。

「かまわぬ。猫のしたことじゃ」

「でも、何かくわえていきましたので」

「ああ、あれは香袋《こうぶくろ》ゆえ案じるな」

それでもやはりと、お佐和がやきもきしていると、ほどなくお縫が座敷に入って来た。浅吉を抱えている。

お縫は浅吉を畳の上におろすと、手に握っていたものをお佐和に差し出した。

「浅吉がこれをくわえていたんです」

「まあ！　きれいだこと！」

お佐和は思わず声をあげる。それは縮緬《ちりめん》でできた紫色の朝顔の花だった。

ふわりとよいにおいが鼻に届く。そういえば大殿様が香袋とおっしゃっていた。

そっと裏返すと細い紐が結んである。小さな巾着になっているのだ。

ほつれたり傷んだりはしていなかったので、お佐和は安堵した。

「ほんとうに申し訳ございませんでした」

お佐和は香袋を大殿に返した。

「いやいや、気にするな」

「かわいらしい袋にございますね」

大殿が香袋をお佐和のひざの前へ置く。

「そなたにしんぜよう」

「滅相もございません。大切にお持ちでございましたのに」

「よいのだ。家に帰ればまだいくつもあるゆえ」

「……ありがとうございます。ちょうだいいたします」

お佐和は香袋を押しいただいた。

「もしかして、奥様がお作りになられたのでしょうか」

「ふむ。こまごまと縫物をするのが好きらしゅうてな。そなたもそうなのであろう」

「……と、申されますと」

「あちらの棚に並んでおる巾着はそなたの手による物ではないのか」

「はい。そうでございます」

大殿が立って行って棚を眺める。

「ほう、猫柄か。愛らしい」

「香袋のお礼と申してはなんですが、お好きな柄をお取りくださいませ」

「いやいや、それにはおよばぬ。これを売って活計《たつき》を立てておるのだ。きちんと購《あがな》わねば申し訳がたたぬゆえ」

「でも……」

「おかみさん、伯父上の言う通りになされませ」

権兵衛に言われて、お佐和は頭を下げた。

「……はい。ありがとうございます」

大殿がにっこり笑う。

「皆が欲しがるであろうし、全部もろうていこうか。なあ、権兵衛」

「はい、それがよろしゅうございましょう」

「おお、この猫の鈴、なかなか味がある」

「良き音がするのですよ、伯父上」

権兵衛の言葉に大殿が目を丸くする。

「そなた持っておるのか」

「はい」

「あ、この手拭もよい。朝顔と猫。美しゅうて気品があるのう」

「この手拭は、彫り辰の型を使って、染め清の弟子が染めたものにて」

「なに、彫り辰と染め清とな。……もしや権兵衛、この手拭も買《こ》うたのか」

「はい。今持っております」

権兵衛がうれしそうにふところから手拭を出す。大殿が顔をしかめた。

「なぜ言わぬのだ。わしの猫好きを知っておるくせに。この裏切り者めが」

「あわわ、も、申し訳ございませぬ」

「明日からもう出仕せずともよい！　謹慎を申しつける！」

「そ、そんな……あっ！　大、じゃなかった伯父上様。私、春の初めに染め清自ら彫り辰の型を使って染めた手拭を所持いたしておりまして」

「ほう……」

「福猫屋で五百枚だけ売りに出されたものです。私、二枚買い求めましたので、伯父上様に一枚献上……差し上げまする」

「それで謹慎を免れようとの魂胆か」

「いえ、あの、その」

「ほんに手拭をくれるのだな」

「はい！　神仏に誓いまして、うそは申しません！」

「まあ、よい。ならば謹慎は許してつかわす」

「あ、ありがたき幸せ！」

「権兵衛、その手拭はいくらで買うた」

「えっ……ろ、六百文にございます」

「では、わしが一両で買い上げてやる」

　大殿がにやりと笑った。

「わしに負けず劣らず無類の猫好きの権兵衛のことだ。他に何かもっと良い品を秘蔵しておるのではないかと思うてな。ちょっと脅してみたのだ。彫り辰と染め清の『猫尽くし』か……。やはりわしの勘は当たったというわけじゃ」

「……私、とてもひどい目におうた気がいたします」

「深く考えるな。小遣いが増えたのだ。よいではないか」

　首をひねっている権兵衛を無視して、大殿は楽しそうに棚の品の検分を続けた。

　忠兵衛がささやく。

「そういえば、俺、今日来る途中で見かけたんだよ。三《み》つ巴《どもえ》の紋《もん》がついた籠をさあ」

「きっとそれに乗って来られたに違《ちげ》えねえや」

「やっぱりちょっとやそっとのお方じゃないんだ。まさかお大名？」

「籠の供回りの数がそこまでじゃなかった」

「ってことは、お旗本だねえ」

ああ、権兵衛様、ばれてしまってますよ……。お佐和のわきの下を冷や汗が流れた。

「これは見事じゃ……」

大殿が繁蔵の簪を食い入るように見つめている。

「利久《りく》がさぞ喜ぶであろうの」

お佐和は胸がどきどきした。ひょっとして、大殿様は簪を買ってくださるおつもりなのだろうか。

大身のお旗本にとって三十両というのはどれくらいのお金なのだろう。お佐和には想像もつかない。

「では、巾着と鈴と手拭を全部、そして簪を買うことにいたす」

「ありがとうございます！」

お佐和は深々と頭を下げた。繁蔵さんの簪が売れるなんて信じられない！

お年寄りたちが叫ぶ。

「簪が売れた！」

「すごい！」

「ひゃあっ！」

「さすがはお旗本……うぐっ」

徳右衛門がものすごい勢いで忠兵衛の口を手でふさいだ。大殿が「あっ！」と言ったので皆がこおりつく。

「肝心のことを失念しておった。わしのふところから香袋を持ち去った浅吉を譲り受けたいのだが」

一生懸命手で顔を洗っている浅吉を、お駒が抱き上げた。

「お前はなんて果報者なんだろう」

「絹のお座布団だねえ、きっと」

「お屋敷暮らしだぞ」

「餌も豪勢なんだろうな」

あまりにいろいろなことがありすぎて、お佐和は倒れてしまいそうな心持ちがした。

「おかみさん、大丈夫ですか？」

お縫が心配そうに顔をのぞき込む。

「お縫ちゃん。ちょっとあたしの手をぎゅうっとにぎってくれる？」

「あ、はい。こうですか」

お縫の手は大きくてあたたかい。

「ありがとう。落ち着いたみたい」

「それはよかったです」

「ああ、びっくりした」

「あたしもです。こんなことってあるんですね」

「……夢じゃないわよね」

「はい……たぶん」

それからは大わらわだった。

のんびりと牡丹餅をほおばる大殿をよそに、権兵衛とお年寄りたちも加わって品物を数え、包み、算盤《そろばん》を入れた。

花巾着が十八個で九百文、鈴が二十三個で三千四百五十文、手拭が五十六枚で二万二千四百文、簪が三十両。しめて三十四両二朱と三百五十文。

「あ、白玉と麦湯が二人前と牡丹餅がふたつと麦湯がひとつ」

「ええと、ちょうど五十文」

「合わせて三十四両三朱」

権兵衛が財布から金を出して並べる。お佐和は丁寧に頭を下げた。

「確かにちょうだいいたしました。たくさんお買い上げいただきありがとうございます」

そしてお佐和は赤い首輪を浅吉に結んでやった。ぎゅっと抱きしめる。

さようなら、元気でね。幸せになるのよ。五千五百石のお旗本のお猫様……。

お佐和は浅吉を大殿にわたした。

「末永くかわいがってやってくださいませ」

「承知いたした。譲ってもらいかたじけない。大切に飼うゆえ案ずるな」

大殿が浅吉にほおずりをする。

「そなたの名は今から白玉じゃ」

大殿様はよっぽど白玉がお気に召したのだろうか。お佐和は笑いそうになるのを必死にこらえた。

「それからな、簪を作った者に会いたいのだが」

「はい。少々お待ちくださいませ」

お佐和は仕事場へ繁蔵を呼びに行った。戸の前で声をかけたが返事がない。中へ入ってみると、亮太と繁蔵が床で眠りこけている。思えば、ふたりとも朝早くから家と庭の掃除をがんばってくれたのだった。

お佐和は申し訳なく思ったものの、名を呼びながら繁蔵をゆさぶった。起き上がった繁蔵がふわふわとあくびをする。

「繁蔵さん、大変よ。大殿様が繁蔵さんの簪をお買い上げくださったの」

「えっ？」

「それで大殿様が繁蔵さんに会いたいんですって」

繁蔵がすっくと立ち上がる。

「こりゃあ大事だ。おい！　亮太！　起きろ！」

なぜか繁蔵が寝ている亮太のお尻を蹴っ飛ばした。亮太が目をこすりながら体を起こす。

「ふぇえ。ひでえな、親方。痛いじゃないですかあ」

「なにのんきなことを言ってんだ。俺の簪が売れたんだぞ」

「わあっ！　すげえ！　誰が買ってくれたんですか？」

「大殿様だそうだ」

「ひえぇ！　さすがは五千五百石！」

「馬鹿！　声が高い！」

〈ゴツン〉

「痛ってぇ！　すみません」

「繁蔵さん、大殿様がお待ちかねですよ」

「あ、いけねえ。そうだった。おい、亮太、早くしろ」

なぜ亮太まで一緒に連れて行くのかとお佐和はいぶかしく思ったが、時が惜しいのでたずねるのはやめにした。

お佐和は繁蔵を大殿に引き合わせた。

「こちらが錺職の繁蔵さんです」

「ほう。そなたが簪を作ったのじゃな」

「はい。この度はお買い上げいただき、まことにありがとうございます」

「いやいや、こちらこそたいそう良い簪を手に入れることができてほんにうれしゅう思うておる」

「もったいないお言葉をちょうだいし……ぶぇっくしょい……失礼いたしました。ちようだいし、恐縮いたしております」

いけない！　繁蔵さんは猫がだめなのに。どうしよう……。

「おかみさん、猫たちを隣の部屋へ連れて行きましょうか」

「そのほうがいいわよね」

「あ、おかみさんは座っててください。あたしと亮太でやりますから」

「わかった。よろしくお願い」

お縫と亮太は籠に猫たちを入れて隣の部屋へ運んだ。繁蔵がほっとした顔で額の汗を袖でぬぐう。

「そなたを呼んだのはほかでもない。簪を作ってもらおうと思うてな」

あまりに意外な大殿の申し出に、お佐和も繁蔵も言葉を発することができず、お互いに顔を見合わせるばかりである。

「どうした。不服か」

「いいえ、滅相もございません。私のような者に作らせていただけるのかと驚いてしまいまして」

「このような素晴らしい簪を作っておいて何を謙遜しておる」

「……ありがとうございます」

「孫娘が嫁に行くので持たせてやりたいのだ」

「そ、それは大変光栄に存じます」

「どのような簪が好みなのか孫に聞き、仔細はこの権兵衛にことづけるゆえな。よろしゅう頼む」

「はい。承知いたしました。精魂を込めて作らせていただきます」

「ふむ。それとな。そなたの置かれておる状況を、先ほどここにおる者たちが教えてくれてのう」

大殿が四人のお年寄りたちを見やる。お年寄りたちは照れ笑いを浮かべて会釈をした。

「それだけの腕があるのじゃ。武家や商家の注文をひとつひとつ受けて高価な簪を作っていくのがよかろうとわしは思うのだがな」

「ええ、それはもう、おっしゃる通りです」

「では、わしがいろいろ口をきいてやろう。こう見えてもなかなか顔が広いのだぞ」

「ありがたいことにございます。感謝してもしきれません」

「そこにおるそなたの弟子の亮太も、このままでは修業を続けてもにっちもさっちもゆかぬようになるであろう。そなたが高価な簪を作っておれば、やがては亮太に得意先を譲ってもやれるだろうて」

「はい。かさねがさねありがとうございます」

お佐和も一緒に頭を下げた。

「ありがとうございます。亮太は私の甥にあたります」

「それも聞いておるぞ」

「俺……じゃなかった。私も一生懸命修業いたします。ありがとうございます」

あわてて頭を下げる亮太に大殿が目を細める。

お佐和は思いがけない事の成り行きに、驚いたのとうれしいのとで胸がいっぱいになってしまった。つい涙ぐんでしまいそうになるのを懸命にこらえる。

「さて、帰るとするか。今日はほんに楽しかった。礼を申す。また近いうちに遊びに参るゆえよろしゅう頼む」

大殿のあいさつに、お佐和は両手をつかえ頭を下げた。

「こちらこそ、ほんとうにありがとうございました。ぜひおいでくださいませ。お待ち申し上げております」

「あたしたちもお待ちいたしております」

「よもやま話をいたしましょう」

「必ずいらしてくださいよ」

「一緒に白玉を食いましょうなあ」

四人のお年寄りたちの言葉に、大殿がうれしそうにうなずいた。

大殿が浅吉改め白玉を大事そうに抱き、権兵衛が大きな風呂敷包みを下げて、ふたりは帰って行った。

6

まだ店を開けてから一刻ほどしかたっていない。しかし、すでにお佐和は疲労困憊《こんぱい》していて、もう動きたくなかった。

お客はお年寄り四人組だけ。そのお年寄りたちも気が抜けたのとくたびれたのと両方なのかへたり込んでいる。

そうだ。店を閉めてしまおう。

「お縫ちゃん。表に『本日店じまい』の札を出してきてくれる?」

「はい、承知しました」

お佐和はお年寄りたちに深々と礼をした。

「いろいろお世話になり、心より感謝申し上げます。おかげ様で権兵衛様の伯父上様も大喜びでお帰りになられ、あたしもほっといたしました。皆様もさぞお疲れになられたことでございましょう。もう店は閉めてしまいましたので、ごゆるりとお過ごしくださいませ」

「いえいえ、どういたしまして。あたしたちも楽しかったし。めったにない経験ができたし。ねえ」

お駒の言葉に皆がうなずく。

「そうおっしゃっていただけるとありがたいです。せめてものお礼に鰻飯でもごちそうさせてください」

「そんなことしてもらっちゃ悪いよ」

「どうぞご遠慮なさらずに。ほんとにあたしどもは皆さんのおかげでとても助かったんですから」

「じゃあ、ごちそうになりましょうか。ありがとうございます」

「亮太、ご苦労だけど、『うな勝《かつ》』へ行って鰻飯を十人前買って来てくれる?」

「承知しました。……あれ?　ふたつ多くありませんか?」

「亮太とお縫ちゃんは二人前ずつ食べるでしょ」

「やったあ！　ありがとうございます！　ひとっ走り行ってきます！」

亮太が買ってきた鰻飯と、お縫が作ったミョウガと豆腐のすまし汁を、皆で車座になって食べた。

よく脂ののった鰻が口の中でとろけていく。でも、たれとご飯があるからこそ、主役の鰻が引き立つのではないだろうか……。

「さすがはうな勝。うまいなあ」

「ひと口食べるごとに元気になるような気がするよ」

「なんだかしみじみしてしまう」

「夏は鰻に限るねえ」

亮太とお縫は早くもふたつ目の鰻飯に箸をつけている。

「亮太ちゃんもお縫ちゃんもいい食べっぷりだ。見てて気持ちがいいよ」

「鰻飯がふたつ腹に入っちまうんだから、若いねえ」

「俺だって、亮太ぐらいのころは、鰻飯のふたつや三つぺろりだったぜ」

「いったいいつの話だよ」

見ていると、お年寄りたちも、皆、せっせと箸を動かしている。なかなかの健啖《けんたん》ぶりだ。もしかすると、食べられることというのが長生きの一番の秘訣なのかもしれない。

「それにしても今日はびっくりしたねえ」

「ほんとうに」

「でも、あれだな。伯父上様は、きっと権兵衛様の主だよな」

「そうそう。伯父貴に『ありがたき幸せ』なんて言いっこねえもの」

「伯父上様は、かなり偉いんじゃないかね。いかにも血筋がいいって感じだったし」

「ってことは、権兵衛様もちゃんとした身分なんだね。どうしていつもはあんな格好をしてやって来てたんだろう」

「こういう市中の店へ出入りしてるのがばれるとまずいんじゃないか」

「そこまでしてここへ来るっていうのは、権兵衛様もかなりの猫好きってことさ。ああ、そうだ。権兵衛様が猫さらいだっていう線は消えたねえ」

「ほんとだ。よかった」

「猫好きと言えば、伯父上様も負けちゃいなかったな。今日はずいぶん楽しかったんじゃねえか」

「あと、おしのびで出かけるっていっても、浅草の八百善《やおぜん》や日本橋《にほんばし》の百川《ももかわ》、深川の平《ひら》清《せい》なんかの高級料亭がせいぜいだろ。福猫屋みたいな下々の者御用達《ごようたし》の店なんてほんに初めてだっただろうよ」

「そんな伯父上様がここの白玉や牡丹餅をたいそうお気に召したんだもの。おかみさんも自信を持たなくちゃ」

「特に白玉なんか、猫の名にしちゃったくらいだから、よっぽどのお気に入りなんだね」

「ああ、考えてみりゃあ、ご大身の旗本のお殿様ってのもなかなか窮屈《きゅうくつ》だろうな」

「忠兵衛さん、伯父上様のご身分を口にしちゃいけないよ」

「さっき俺に口ふさがれたばかりだろ」

「そうだった。面目ない」

「でも、ばれてないと思ってるのはご自分だけだよね」

「なんだかかわいらしい」

「まあ、いつでもこうやってわいわい騒げる俺たちのほうが幸せかもしれねえな」

大殿様の正体について、お年寄りたちが素知らぬ顔をしてくれていたのは、ほんとうにありがたい。おかげで大殿様も楽しい時をすごせてよかった……。

「あのう……」と言いながら繁蔵が居住まいを正したので、皆が注目した。

「簪を売ることができなくなった私の境遇を話してくださって、ありがとうございました。おかげさまで高級な簪を作らせていただけることになりました。御礼申し上げます」

頭を下げる繁蔵に、お年寄りたちが口々に言った。

「頭をお上げなさいな。伯父上様が繁蔵さんのことを聞きたそうだったので話しただけなんですから」

「自分で売り込むってえのは難しいしな」

「そうそう。こういうことは年寄りにまかせておけばいいんですよ」

「でも、繁蔵さんに意地悪をした奴、このことを知ったらさぞ悔しがるだろう。いい気味だぜ」

「存分に腕を振るってくださいよ。繁蔵さん」

鰻飯を食べたあと、皆で白玉と牡丹餅を食べた。

「そういえば、おかみさん。伯父上様に香袋をいただいてたよね、見せてもらってもいいかい」

「ええ、どうぞ」

お佐和はふところから香袋を取り出してお駒にわたした。

「朝顔だ……。へえ、ひっくりかえすと紐と袋の口がある。うまくできてるねえ」

「裕福な武家の奥様や商家のお内儀が、着物を裁った残り布でこういう花や動物の小さな袋や巾着、人形、小箱なんかを作ってるらしいよ」

「動物ってどんな感じなんでしょう」

「あたしが見せてもらったのは、ウサギと鶏《にわとり》で、どっちも背中に口と紐があったかな」

「猫の縮緬細工を作って店で売ろうかと、ふと思いつきまして」

「それはいい考えよ。ねえ、お駒さん」

「ぜひおやりなさいな」

「でも、こういうのを作るのには型紙がいるんじゃないかと。それに作り方も教わらなくてはいけませんし」

「権兵衛さんに頼んで、だれかを紹介してもらうのはどうでしょう？　あの人はまた猫を借りに来るだろうから」

「あたしもそれがいいと思う。頼りない権兵衛さんでも、それくらいはできるよね」

「でも権兵衛様、またいつもの格好で来られるのかねえ。もうばれちまってるんだから、今日みたいにちゃんとしてきてほしいもんだ」

「ちょっとにおうもんな、あの着物」

忠兵衛の言葉に皆がどっと笑った……。


三日ののち――。

「おかみさん！　大変です！」

繁蔵の使いで外出《そとで》をしていた亮太が店へ飛び込んできた。

「猫さらいが現れました！」

お佐和もお客も皆が「ええっ！」と叫ぶ。亮太が泣きそうに顔をゆがめた。

「うちから通りひとつ東へ行った油問屋の三毛の子猫が、昨日から帰ってこないって大騒ぎになってて」

お佐和は血の気が引いた。ああ、とうとう猫さらいがすぐそこまで……。お佐和は前掛けをぎゅっと握りしめた。

第三話　ねこさらい

1

「猫さらいだと?」

白玉を口に運ぼうとしていた大殿が眉根を寄せる。お駒が「そうなんですよ」と言いながらうなずいた。

「春くらいから両国界隈で子猫が連れ去られてましてね。もう十四以上になるでしょうか。猫さらいがだんだん近づいてきてるなと思ったら、ついに五日ほど前、福猫屋から通りひとつ東へ行った油問屋の三毛の子猫がいなくなっちまったんですよ」

「福猫屋は子猫がいっぱいいるからさらい放題だもんなあ」

「おい、忠さん」

徳右衛門が軽くにらんだので忠兵衛が首をすくめた。

「すまねえ。つい、口がすべっちまった」

旗本五千五百石久貝家の先代当主である大殿は福猫屋が大変気に入り、軽輩の権兵衛を供に連れてもう三度も遊びに来ている。お年寄りたちともすっかりうちとけていた。

「そういえば、わしも『忠さん』なのじゃ」

大殿の言葉に皆が顔を見合わせる。

「わしの名は忠左衛門《ちゅうざえもん》と申すのだが、それだと忠兵衛とまぎらわしいか」

「忠さんが改名すりゃいい」

「無茶言うなよ」

「よい、よい。若いころは八十之進《やそのしん》と名乗っておったでな。『八十《やそ》』とでも呼んでくれ」

「えっと、じゃあ、八十様」

「ふむ。若返った気分じゃ」

ほほえんだ大殿が表情を引き締める。

「して、さらわれた子猫たちは戻って来ておらぬのか」

「はい、一匹も」

「三味線屋にでも売られたものか」

「それが、三味線の皮には向かない黒猫もかどわかされているそうなので、そのあたりはなんとも……」

「そういえば、猫さらいはかどわかした猫をどうやって連れて帰ってるんだろうな。抱いてたら目立つだろ」

「風呂敷に包んだんじゃねえか」

「そんなことしたら猫が暴れて大変だよ」

「ふところに入れたのかもしれないね。子猫だから小さいもの」

「ひょこっと子猫がふところから首を出したら？」

「そうならないように懐手《ふところで》をして抱いてたんじゃない？」

「とにかく福猫屋も気をつけねばな。いかがいたせばよいであろう。のう、権兵衛。なにかよい思案はないか」

　白玉をあっという間に平らげた権兵衛は、子猫と毬《まり》で夢中になって遊んでいる。

　大殿が自分のひざの側に落ちていた羽のついた猫じゃらしを拾い上げ、無造作に振った。ひゅんっと糸が鳴り、羽の根元についている数珠玉《じゅずだま》が、ぴしりという小気味よい音とともに、あやまたず権兵衛の眉間《みけん》を打った。

「わあっ！」と叫んだ権兵衛が、眉間を押さえて畳に突っ伏す。子猫が大喜びで権兵衛の背に飛び乗った。

「ちょっと当たったくらいで大げさな奴」

身を起こした権兵衛が涙目になっている。

「目から火花が……」

「しかとわしの話を聞いておらぬからじゃ」

「申し訳ございませぬ」

「で、ここの猫たちをどうやって守る？」

眉間をさすりながら権兵衛が小首をかしげる。大殿が舌打ちをした。

「どうやらそなたの首の上には南瓜《とうなす》がのっておるようだな」

お佐和もお年寄りたちもひそかに笑いをこらえた。

「伯父上様」

「おお、お佐和。そなたも八十でよいぞ」

「では、八十様。うちの猫たちを案じてくださいましてありがとうございます。私どももよい方法を考えてみてはいるのですが、なかなか思いつけないのです。猫たちから目を離さずにいるのが一番なのでしょうが、じっとしておりませんし……」

「猫から目を離さずに、か……」

腕組みをしながら考え込んでいた大殿が、やがて「そうか」とつぶやいた。

「猫を見張るのは確かに無理だが、猫さらいを見張ることならできようぞ。まあ、見張るというよりにらみを利かせるというのが正しいかの」

「にらみを利かせるとおっしゃいますと?」

「侍が常に店の中におるようにするのだ、徳右衛門」

「なるほど。お武家様がいらっしゃれば、猫さらいもうかつなことはできませんな。こりゃ名案だ」

権兵衛の顔がぱっと輝く。

「伯父上、もしかしてそのにらみを利かせるお役目、私めに?」

「ふむ。権兵衛もその役を担う。ただし、他の者もだ。権兵衛は仕事が休みの日は福猫屋へ参って一日を過ごせ」

「ひょっとして、非番の者が交代で福猫屋へ詰めるのでしょうか」

「まあ、そういうことだな。来たいという者を募る」

「私のような猫好きならともかく、そんなに希望者がおりますでしょうか」

「なにがしかの手当を払うことにすればおるであろう」

「……殺到するやもしれませぬ」

「では、権兵衛、しかと差配せよ」

「えっ！　私のような若輩者には荷が重いかと思われますので誰か別のお方に……」

「そうか。褒美《ほうび》をやろうと思うたのだが……」

「い、いいえっ！　精一杯務めさせていただきます！」

「ということで、明日から見張りの者をよこすゆえな、お佐和」

「大変ありがたいことですが、そんなにしていただいてよろしいのでしょうか」

「よい、よい。わしが道楽ですることじゃ。遠慮は無用」

お佐和は両手をつかえ、深々と頭を下げた。

「心より感謝申し上げます。お武家様にいらしていただければ百人力。おかげさまで安心して過ごすことができます」

満足そうにうなずいていた大殿が怪訝そうな顔をする。

「権兵衛、なにがそんなにうれしいのだ」

「いえ、伯父上のご命令とあらば、母も私が福猫屋に通うても文句は言えぬであろうと思いまして」

「情けない奴だな。いまだ母に頭が上がらぬのか。まあ、そなたの母の波留《はる》も一筋縄ではいかぬ女子《おなご》ではあるが」

「伯父上様からも言うてやってくださいませ。厳しいにもほどがあります。このままでは、いつまでたっても私は嫁の来手がありませぬ」

「自分が不甲斐ないことを棚に上げて、波留のせいにするでない」

「うわさになっておるのですよ。あのようにきつい姑《しゅうとめ》のいる家にかわいい娘をやりとうはないと」

「えっ」

「しかし、そなたもそれほど嫁をほしいとは思うておらぬであろうが」

「目が泳いでおるぞ。図星というところじゃな」

「……まあ、面倒くさいですし、それに一家の主として妻子を養っていくのはなかなか骨が折れるかと」

梨野家の跡取りである権兵衛様が三十になるのに妻帯していないのは、お母上様があまりに厳しすぎるからだと本人から聞いていたが、どうやらそれだけではないらしい。

「身の回りのことは、嫁がいなくとも波留がやってくれる。そなたは嫁や子にかかずりあうより、己ひとりで好きなように過ごすのが好ましいというだけなのであろう」

「はい、だいたいそんなところです」

じれったそうにしていたお駒が、たまりかねたのか口を開いた。

「権兵衛様が妻帯されないとおっしゃるのなら、梨野のお家《いえ》はいったい誰が継がれるのでしょう」

「お駒の言うことはもっともよな。権兵衛、どうするつもりじゃ」

「自分が隠居するくらいの歳になったら親戚の誰かから養子を迎えて、その者に家督を譲ります。まあ、死に水くらいは取ってもらえるでしょう」

「ううむ」と大殿がうなる。

自分の息子が権兵衛のような考えを持っていたら悲しいし、小言のひとつやふたつ言ってしまうだろう。庶民と違ってお武家は『お家大事』であるのに……。

お佐和は権兵衛の母波留に、同情めいた感情を覚えた。

権兵衛様の考え方は間違っているとは言えない。商家だってよっぽどの老舗《しにせ》か大店《おおだな》でない限り、店の株を他人に売るのはよくあることだった。

商いがうまくいかなくなった折、出来の悪い身内より、商才のある他人に店を譲ったほうがよいと考える人が少なからずいるということだ。確かに一理ある。

自分も人から株を買って商いを始めたというのなら、そういう気持ちになるのはわかる。

でも、何代も続いている場合、ご先祖様はどう思われるだろう？

八十様の久具家は、九百年以上続いている家柄だそうだ。その家来の梨野家だってそれなりにずっと続いてきたのだろう。

梨野家を代々守ってきたご先祖様は、権兵衛様の言いようを悲しんでいるのではないだろうか。お佐和はそんな気がしてならなかった。

綿々《めんめん》と続いてきた血のつながりを、自分の身勝手な思いだけで断ち切ってしまってよいとはとても思えない。

でも、そんなことを言っても、権兵衛様の心には響かないのもわかっていた。権兵衛様は百もご承知だろうから。

八十様もお年寄りたちも黙ってしまったのは、おそらくそれを理解しているからだ。お佐和は小さくため息をついた。

「ごめんください」

考えに沈んでいたお佐和はあわてて「いらっしゃいませ」と返事をした。顔を上げると、染め師の由太郎が風呂敷包みを抱えて立っているのが見えた。

「手拭を持ってきました」

店にあった手拭は大殿が全部買って帰ったので、由太郎に秋の柄を染めてくれるよう頼んであったのだ。

「ありがとうございます。どうぞおあがりください」

座敷に上がった由太郎は、風呂敷包みを解いて手拭を一枚取り出し、ぱっと広げた。皆がどよめく。

お佐和は思わず歓声を上げた。

「まあ！　きれいだこと！」

春の桜、夏の朝顔に続いて秋の柄は菊である。小菊と戯れる猫がとても愛らしい。

「菊もかわいいねえ」

「秋らしい」

「風情《ふぜい》がある」

「品がいい」

「これは見事。菊見の宴で、皆に配ろうと思うがどうじゃ、権兵衛」

「よきお考えにて」

お佐和は由太郎を大殿と権兵衛に引き合わせた。

「ほう、そなたが染め清の弟子か」

「はい、由太郎と申します。手拭をたくさんお買い上げいただいたそうで、ありがとうございます」

「知り合いにつかわしたら、皆、大喜びであった。さすがは染め清の弟子よのう」

「身に余るお言葉をいただきおそれいります」

「ところで、由太郎。そなた歳はいくつじゃ」

「二十六でございます」

「所帯は持っておるのか」

「いいえ。まだ修業中の身ですから」

「ということは、一人前になったら嫁をもらうのじゃな」

踏み込んだことをずばずば聞いてくる大殿に少し面食らった様子を見せていた由太郎が、ふと考え込んだ。

「いや、それはどうでしょう……」

「と、申すと？」

「私は『染め由』と言われるような染め師になりたいんです。思ってるだけでなれるかどうかわかりませんけれど。今頃わかったのかって、師匠には怒られるかもしれませんが、染めは奥が深い。いくら修業してもきりがないかもしれないなって思うんです。だから所帯を持つと修業の妨げになる気がして。もしかしたら私はずっと独り身でいるかもしれません」

大殿が困ったものだというようにゆるゆるとかぶりを振る。

「なんと、ここにも妻をめとらぬつもりの者がおるぞ」

江戸の町では男に対して女子の数が少ないせいもあって、たしかに独り身の男が多い。それに、職人や商家の奉公人はどうしても晩婚になってしまうので、所帯をもたずに過ごす場合もある。

それらのことを充分承知はしているが、それでもお佐和は言わずにはいられなかった。

「由太郎さん、修業が厳しいのはよくわかる。でも、ひとりじゃ乗り越えられないことも、ふたりでならっていうのもあるのよ」

「おかみさん、ありがとうございます。でも、俺は夢中になると周りが見えなくなっちまう。女房や子どもに、迷惑をかけたり、つらい思いをさせたりしたくないんです」

由太郎はすまなそうに、しかしきっぱりと自分の思いを口にしたので、お佐和は差し出がましいことを言ってしまったと少し後悔した。だが、かつて職人の女房だった自分の存在が否定されたようで、なんだか悲しかったのだ。

「さすがは染め清の弟子だな。ずいぶん自分に厳しいけど、それじゃあ身が持たないぜ。なあ、徳さん」

「うん、そうだよ。由太郎さん。若いお前さんにはわからないかもしれないけど、日々のなにげない暮らしっていうのは、それはそれで尊いものなんだから」

「清吉さんが嫁をもらうなって言ってるのかい？」

「いいえ、そんなことはひと言も」

「清吉さんは所帯を持ってたんだよね。由太郎さんの叔母さんにあたる人と」

「ええ、そうです。でも、師匠ほどの人だからできたんだと思います」

いつもは気さくで明るい由太郎が、今日は人が変わったようにかたくななのにお佐和は驚いた。修業が一番大事だと考えるのはよいことだが、それだけではあまりに寂しすぎないだろうか。

所帯を持つことによって得られるものはたくさんある。それらが修業や仕事の役に立つ場合もあるはずなのだが……。

ちょうどそのとき、お縫が牡丹餅の追加を持って入って来た。さらに亮太が続く。

「『のぞき見してるくらいなら入ればいいのに』ってお縫さんに言われたのでお言葉に甘えました」

すまし顔の亮太に皆がくすくす笑う。まったくこの子は……。

「ちょうどよかった。お縫と亮太にも、所帯を持つということについてどう思っているか考えを聞かせてほしいのだ」

大殿の言葉に、お縫と亮太は怪訝そうな表情を浮かべている。

「いきなりでは話が見えぬよのう。すまぬ。実は、ここにおる権兵衛も由太郎も所帯を持つ気はないと申すのじゃ。権兵衛は妻子を養うのは骨が折れるし気が重い。独りで好き勝手に暮らし、親戚から養子を迎えて家を継がせるのだと言うておる。由太郎は修業の妨げになるゆえ嫁をもらわぬそうだ。修業に夢中になって妻子に迷惑をかけたりつらい思いをさせとうはないとのこと。正直に申して、わしには納得がゆかぬ」

お佐和は心の中でため息をついた。亮太はともかく、お縫もまた所帯は持たない気でいるのを知っているからだ。

大殿は九百年以上続く武家の先代当主だけあって、家の存続や血筋の継承を大切に思う気持ちが強いのだろう。お縫の考えがそんな大殿を嘆かせるだろうと、お佐和は気が重かった。

お縫が軽く一礼する。

「申し訳ないのですが、私も所帯を持つ気はありません。子どものころ寺子屋で『女三界《さんがい》に家無し』という言葉の意味を教わったとき、なんだか馬鹿にされているような気がしてとても腹が立ちました。そして、お金を稼いで誰にも頼らず自分の力で自分のために生きていこうと思うようになったんです。今私は福猫屋で奉公していてそれがかなっています。わざわざ所帯を持って亭主にしばられるのはまっぴらごめんです」

「お縫が非常に前向きでしっかりした女子じゃというのはようわかった。しかしなあ……」

はがゆそうな大殿を励ますようにお年寄りたちが口々に言う。

「所帯を持つといろいろな面倒があるのは確かだ。でも、それに増して楽しいことや幸せなことがあるんだよ」

「そうそう。それをわかってもらいたいねえ。お互い支え合う連れ合いがいるっていうのはいいものだから」

「特に子どもはかわいいよ。孫はもっとかわいい。自分の血を受け継いでくれている者がいるっていうのはやっぱり、うん、頼もしいっていうか、安心っていうか、うれしいよなあ」

「若いときは独り身も気楽でいいけれど、歳をとると寂しいもんだよ。お前さんたちもしみじみ思う日がきっとくる」

権兵衛も由太郎もお縫も、困ったような表情を浮かべながら黙っている。言葉を返しようがないのだろう。

「亮太はどうじゃ」

大殿にうながされ、亮太が「ええっと……」と口ごもった。お佐和はやきもきして、つい口をはさみそうになる。

いけない、いけない。亮太だってもう子どもじゃないんだから。あたしが口を出したら、亮太に恥をかかせることになってしまう。

「あのう、私はいつか所帯を持とうと思ってます」

「おお」と言いながら大殿が身を乗り出した。お年寄りたちもほっとしたように笑みを浮かべている。

亮太は優しい子だから……。お佐和はそっとため息をついた。

大殿様やお年寄りたちを気の毒に思ったのだろう。それはいいのだが、理由を話したりしているうちにぼろが出て、皆をがっかりさせることになりはしないだろうか。

でも、そうなっても亮太の気持ちは皆に伝わる。きっとそれでいいんだ……。

「それが修業の途中でも。っていうか、修業は一生終わらないと思うんです。だから一緒になりたい人にめぐりあったらそのときに所帯を持ちます。自分で作った箸をわたして夫婦《めおと》になってくれって言うつもりです。嫁さんもらって子が生まれて。泣いたり笑ったり、そういうささやかな日々の幸せが、自分が作る箸に込められたらいいなあって」

「そうか、そうか」

大殿が思いっきり目じりを下げている。今にも亮太を抱きしめそうな勢いだ。

お年寄りたちの間からも声が聞こえた。

「さすがは亮太ちゃん」

「そうこなくっちゃだよな」

「若いな、亮太は」

つぶやき声が聞こえて、皆がはっとする。声がしたほうを見やると権兵衛が苦笑していた。

「おとっつぁんとおっかさんは小さな飯屋をやってたから、忙しくてあまりかまってもらえなかったけど、よくぎゅうって抱きしめてくれてうれしかった。おっかさんが亡くなるとき、『おとっつぁんと夫婦になってお前たちが生まれて、あたしはほんとうに幸せだった』って言い残したんです。だから俺は所帯を持ちたいと思ってる。いけませんか？」

亮太に見つめられて、権兵衛が口ごもる。

「いや、そんなことは。すまぬ……」

「謝らないでください。権兵衛様は別に悪いことをおっしゃったわけじゃない。権兵衛様には権兵衛様の考えがある。俺はただ、自分が親にしてもらったように子にしてやりてえと思ってるだけです」

権兵衛が無言で横鬢《よこびん》をかいた。由太郎とお縫もじもじと居心地が悪そうだ。

小さかった亮太がこんなに立派なことを言うようになって。お佐和は胸がいっぱいになった。

お恵《けい》姉ちゃんもあの世できっと喜んでいるだろう。

「それに、まだ運命の人に出会ってねえから、三人とも所帯を持つ気はねえなんてことが言えるんです。めぐりあったらきっと、すぐに夫婦になりたくなっちまいますよ」

亮太が満面の笑みを浮かべている。お佐和は嫌な予感がした。

「運命の人とな？」

「はい、そうなんです。目がおっきくてまつげが長くて口はおちょぼ口で、色白で華《きゃ》奢《しゃ》で。上品でつつましやかで、優しくて、顔だけじゃなくて声もかわいらしくて、俺が守ってやらなきゃって思えるようなそういう女子です」

「ぶわっはっはっ！」

大殿が豪快に笑う。お佐和は思わずふき出した。お年寄りたちも権兵衛たちもげらげら笑っている。

「ああ、笑い過ぎて涙が出てきちゃった。心を打たれる話で終わらないところが亮太ちゃんらしいねえ」

「なんか感動して損した気がするなあ」

ぼやく由太郎にお縫が相槌を打つ。

「あたしも。亮太っていつもこうなんだから」

「よし！　皆、もう好きなようにいたせ」

大殿が権兵衛に向かって顔をしかめた。

「権兵衛は猫とでも夫婦になるがよい」

「そ、そんなあ……」

「どうして皆、俺の運命の人のことをそんなに笑うんですか。ひどいなあ」

むくれる亮太の肩を大殿がぽんとたたいた。

「許せ。牡丹餅をおごってやる」

おいしそうに牡丹餅をほおばる亮太を、大殿がにこにこしながら見つめている。

「運命の人か……」

「伯父上様の運命の人はどのようなお方ですか？」

「これ、亮太。八十様、申し訳ございません」

「かまわぬぞ。わしの運命の人は、わりに小柄だがふっくらしておってな。ちょっと垂れ目で笑うとえくぼができるのが愛らしい。普段は控えめだが、ここぞというときには己の考えをはっきり申す。一緒におるとのう、なぜかほっとする」

「それってもしかすると……」

「ふふふ、妻の利久じゃ」

「なんだかずるいです。運命の人にかこつけてのろけたりして」

「悔しかったら、亮太も早《はよ》う運命の人を見つけることだ。好いた女子が側におるというのはまことに良いぞ」

えっ、もしかして大殿様は、このことをおっしゃりたくて、皆にいろいろ聞いてみてらしたの？　お佐和はくすりと笑った。

まあ、でも、家の存続や血筋の継承より、やっぱり好きな人と一緒に暮らせるってことが一番幸せだもの……。

2

次の日、店を開けるとすぐ侍がやって来た。年のころは四十過ぎ。大柄で太っている上にいかつい顔をしている。

大殿が手配してくれた、久貝家の家臣であると思われた。

「兵部《ひょうぶ》と申す。大殿様のお言いつけで参った」

「福猫屋の主、佐和でございます。暑い中ご足労くださりありがとうございます。どうぞよろしくお願いいたします」

「ふむ。すまぬがわしは猫が嫌いでな。昨日の今日で来る者を募る暇《いとま》もなかったゆえ、今日たまたま非番であったわしに白羽の矢が立ったというわけだ」

「まあ、そうでございましたか。ご苦労様でございます」

「どうやら大殿は、猫好きの輪を広げようとたくらんでおられるご様子。軽輩の権兵衛と親しゅうされるのもそのせいよ。大殿のおそば近くでお仕えしているわしのことも、どうにか猫好きにならぬものかとここへ送り込まれたのやもしれぬな。しかし、今まで嫌いであったものを急に好きになったりはいたさぬもの。こればっかりは無理じゃ」

大殿様の考えそうなことだとお佐和は思った。兵部がふところから手拭を取り出して首筋の汗をふく。

「あ、その柄は……」

「そうなのじゃ。大殿が初めてこの店にお出ましになった折の土産にくだされたのだ。猫と朝顔。わしがいただいてものう……。それこそ猫に小判じゃ」

「兵部様は、なぜ猫がお嫌いなのでしょう」

「我が家はずっと犬を飼っておってな。犬は、呼ぶとすぐに飛んでくるであろう。尻尾をちぎれんばかりに振って全身で喜ぶ。主を信頼しきっているあの邪気のない目。そこがかわゆうてのう。それに対して、猫は呼んでも知らん顔。わがままで気まぐれじゃし。どことのう偉そうで、どちらが飼い主かわからぬ。そういうところがわしは好かぬのだ」

なるほどもっともなことだ。人の好みはいろいろ。犬が好きでも猫が好きでもそれは人それぞれだ。

猫は嫌いだと言いながらも、兵部はちゃんとこうやって福猫屋の猫たちを守りにきてくれている。ほんにありがたいことだった。

しばらくすると、お年寄りたちがやってきて、兵部とあいさつをかわした。皆、心得たもので、兵部の苗字も身分もたずねることはしない。

「せっかくのお休みにご苦労様でございます」

「お武家様がいてくださってとてもありがたいです」

お年寄りたちの言葉に、兵部はふむふむとうなずいている。歓迎されて気をよくしたようだ。

「すまぬがわしは猫嫌いでな。こればっかりはもうどうしようもない」

「どうぞお気になさらず」

「猫がお嫌いなのにいらしてくださってありがとうございます」

「猫はお嫌《いや》でも、白玉はきっとお気に召しますよ」

お年寄りたちが次々に白玉を注文する。

「そういえば、近ごろ時折白玉をご相伴することがあるのだ」

「そうそう、八十様が毎日食べたいとおっしゃってたもんなあ……」

「忠さん、めったなことを言うもんじゃねえぞ」

「あっ、いけねえ」

「かまわぬぞ。八十様のことはよう存じ上げておるゆえ。さて、わしも白玉と麦湯をひとつずつ」

白玉をひと口食べた兵部がうっとりした顔つきになる。

「ううむ。こちらのほうが数段うまいのう……」

「もったいないお言葉をありがとうございます」

「いやいや、ほんとうにうまい」

なぜかお年寄りたちが得意そうに胸を反らしている。

「はあ……。汗が一気に引いて、生き返るようだ」

「そうでございましょう。あたしはこの白玉が生きがいになっているんです」

お駒の言葉に兵部がうなずく。

「さもあろう、さもあろう。それはそうと、ちとたずねたいことがあるのだ。猫さらいはどのあたりで猫を連れ去っておるのか教えてくれぬか」

兵部がふところから矢立《やたて》と紙を取り出した。お年寄りたちは、記憶をたどりながら町の名をそれぞれあげる。

「ほう……。最初は諏訪町《すわちょう》、次が黒船町《くろふねちょう》。そして福富町《ふくとみちょう》、森田町《もりたちょう》、元鳥越町《もととりごえまち》、猿屋《さるや》町《ちょう》、福井町《ふくいちょう》、吉川町《よしかわちょう》、米沢町《よねざわちょう》、そして一番最近がここ橘町《たちばなちょう》」

兵部が腕組みをする。

「ううむ。猫さらいの住処《すみか》がわかるのかと思うたのだが……。たとえば円状になっていたら中心あたりに住まうと考えられるであろう。だが、今聞くと、どんどん南下しておるだけじゃ。ふうむ。名案だと思うたのだがなあ。まあひたすら地道ににらみを利かせよということか……」

兵部は少し残念そうだ。

白玉を食べ終わると、いつものようにお年寄りたちが居眠りを始めた。

「まことにのどか。たまにはこんなふうにゆったり過ごすのもよいのう」

目を覚ました一匹の三毛の子猫が、一人前に前足を突っ張り伸びをする。そのまま子猫はとことこと歩いて兵部のそばまでやって来た。

ひざのあたりをふんふんとかいでいる子猫に、兵部が声をかける。

「どうした。わしが珍しいか」

子猫が兵部を見上げ、小首をかしげた。

「なんという無垢《むく》な目をしておるのじゃ……」

兵部のひざにひとしきり顔をこすりつけていた子猫が、足を伝って腹へ移動し、胸によじのぼり始めた。「おお」とつぶやきながら、兵部が子猫を抱きとる。

子猫が兵部の右の手のひらに頭突《ずつ》きをした。

「なでよ、ということか」

兵部がそっと頭をなでると、子猫がくいっとあごをそらす。あごのあたりをなでてやると、子猫がごろごろとのどを鳴らし始めた。

「愛《う》い奴……」

これはもしかすると、もしかするのかもしれない。お年寄りたちもいつの間にか目を覚まし、固唾《かたず》をのんで見守っている。

満足そうにのどを鳴らしていた子猫が、くにゃりと兵部の腕によりかかったと思ったらそのまま寝始めてしまった。

「うりゃ」と小声で言いながら、兵部が子猫の頭をつつくが、子猫はぴくりともしない。

「これでどうだ」

前足を引っ張られると、子猫は眠ったまま前足を引っ込め、くるりと体を回した。

とろけるような微笑をうかべ、兵部が子猫の寝顔を見つめている。

やがて目を覚ました子猫が兵部の腕の中でみょーんと伸びた。兵部が顔を寄せてのぞき込むと、子猫が前足でそっと兵部のほおをさわる。

「おお、おお。なんとかわいいのだ」

目じりを下げた兵部が、いきなり子猫にほおずりをする。子猫は再びごろごろとのどを鳴らした。

今、あたしは、確かに人が猫のとりこになるところを見たんだ……。大人の猫もかわいいが、子猫のかわいさときたら、もうたまらない。心をわしづかみにされ大きくゆさぶられているような感じがする。

あざといほどの愛らしさ。その威力はすさまじい。あんなに猫が嫌いだと豪語していた兵部様が、あっという間に骨抜きにされてしまったのだから。

お佐和自身も子猫の粗相《そそう》をため息をつきながら掃除していても、かわいらしい仕草や表情に、思わず笑顔になってしまうことがよくある。子猫たちは知っていて人をたぶらかしているのではないかと時折考えたりする。

なんでもいい。かわいさは正義だ。

その後ずっと兵部は三毛の子猫とたわむれて過ごした。いかつい顔をした兵部がその大きな体を丸め、文字通り猫なで声で夢中になって猫じゃらしを振り回しているときなど、お佐和も他の客たちも笑いをこらえるのに必死だった。

おそらく兵部様は子猫しか目にはいっていないだろう。猫さらいににらみを利かせるという本来のお役目は、とうにどこかに消し飛んでしまっているに違いない。

でも、兵部様はいるだけで猫さらいよけになる。それよりも、兵部が猫好きになってくれたことがお佐和はとてもうれしかったのだ。

夕方になり、店を閉める刻限が来た。お佐和は両手をつかえ、丁寧に頭を下げた。

「兵部様、本日はまことにありがとうございました。おかげさまで猫たちもさらわれず皆無事に過ごすことができました」

「それはよかった。ところでお佐和。この子猫を譲り受けたいのだが」

兵部が一日一緒に過ごした三毛の子猫を胸に抱いている。

「猫はお嫌いではなかったのでしょうか」

「そうなのだがな、こいつは特別なのだ」

「もちろんお譲りするのはかまいません。でも、いつもはいったんお帰りになって、ほんとうにご自分が猫を飼いたいのかよく考えた上でお家のかたにご相談していただき、それでも決心が変わらなければ七日ののちにおいでくださってお譲りするという手はずになっておりまして。その間にこちらはその方の身元や評判を調べさせていただいたりもするのです」

「なるほど……」

あまりに兵部ががっかりしているので、お佐和は気の毒になってしまった。兵部様は人柄も良いし身元は確かだ。猫をちゃんとかわいがっているかどうかは、きっと大殿様が目を光らせてくださるだろう。それに権兵衛様だっているのだし。

それでもお佐和はひとつだけ確かめておくことにした。

「子猫はあっという間に大きくなって、ふてぶてしい大人猫になるかもしれません。おそらく呼んでも知らん顔でしょう。それでもこの子をずっとかわいがっていただけますか」

「それは承知しておる。犬も子犬のころの愛らしさは格別だが、大きゅうなっても、年老いても、それはそれでかわいい。呼んでも来ぬのなら、わしがそばに参ればよい。わしはこの猫を生涯いつくしむことを約束する。武士に二言はない」

「ありがとうございます。承知いたしました。この子をお譲りいたしましょう。末永くかわいがってやってくださいませ」

「かたじけない！　お前は今日からうちの子じゃ！」

兵部は自分の鼻と子猫の鼻とをくっつけた。

五日ののち、権兵衛がやって来た。

「今日は権兵衛様がお当番でいらっしゃるのですね。ありがとうございます。どうぞよろしくお願いいたします」

お佐和は丁寧に頭を下げた。

「いやいや、礼には及ばぬ。福猫屋へ来るのにお手当がいただけるなど、俺にとっては夢のような話ゆえな」

さっそく白玉を食べた権兵衛がほうっとため息をつく。それがいつもと少し違う様子に思われたので、お佐和は水を向けてみた。

「なにか心にかかることがおありなのでしょうか」

「あるある、おおありじゃ」

待ってましたとばかりに権兵衛が身を乗り出す。

「兵部様が、三毛の子猫をもらって帰られたであろう」

「はい。もう五日ほどになりますでしょうか」

「あたしたちも、兵部様が子猫に骨抜きにされる様を、この目でしかと拝見いたしましたよ」

「子猫が兵部様を見つめて、小首をかしげたんですよ。あれが始まりでした」

「そうそう。子猫の目は無垢だからさあ」

「そして、みょーんって伸びたのがとどめだったよなあ」

「犬はああいうしぐさはしねえもの」

「なるほど。みょーんで陥落したのか。さもありなん……。俺もな、あの猫嫌いの兵部様がと驚いたものの、心底うれしかったのだ。猫の魅力をわかってもらえたと」

権兵衛は麦湯をひと口飲んだ。

「兵部様は子猫に美津《みつ》という名をつけて溺愛《できあい》しておられる。それだけならよいのだが、顔を合わせるたびに美津のことばかり申される。昼に弁当をつかうときなどはもう最悪でな。延々と自慢話を聞かされた挙句、最後に、『そなたも猫を飼えばよいのに。かわいいぞ』でしめくくる。俺が飼いたくても飼えぬのを知っていながらだ。悔しいではないか!」

「権兵衛様が猫をお飼いになれないのは、お母上様が猫嫌いでいらっしゃるからですよねえ」

お駒の言葉に、権兵衛がうなずく。

「お母上様を福猫屋へお連れしたら、兵部様みたいに猫嫌いがなおったりされませんかねえ」

「いや、母上はだめだ。俺はここで借りて帰った子猫を母上の部屋にそっと放したことがあるのだが、さっぱりだめであった」

「なかなかにてごわい」

「そうなのだ、徳右衛門……」

権兵衛はがっくりと首を垂れた。

「俺も猫を飼いたい。兵部様のように自慢話をしたい……」

お佐和はふと思いついた。

「八十様にお口添えをいただくわけにはいかないんでしょうか」

「俺もそう思ったのだ。母上はかつて奥方様……いや、伯母上にお仕え……えっと、その、行儀見習いをしておってな。それを父上が見初《みそ》めたらしい。伯父上とも顔見知りゆえ、どうにかならぬかとお願いしてみたのだが、断られてしまった」

「どうしてでしょう」

「それがなぜか煮え切らぬのよ。猫のためなら一肌脱いでくだされそうなものなのだが……。『そのうち』とか『またのおりに』とか申されてのらりくらりとかわされる。先日など『君子危うきに近寄らず』とつぶやかれていたので、なにか都合の悪いことがあるのやもしれぬ」

「八十様もだめか……。じゃあ、妻をめとるのでその代わりに猫を飼うことを許してくれっていうのはどうでしょう？」

「とんでもない。忠兵衛は母上を知らぬからじゃ。そんなことを言ってみろ。『そなたはいったいどういう了見をしておるのですか』と、板の間で正座をさせられ、延々と小言を食らってしまう」

権兵衛は深いため息をついた。

「ああ、俺も猫を飼いたい……」

「あのう。すみません、権兵衛様」

「なにか良い方法が見つかったか」

「いいえ、そうではないのです。申し訳ございません。少々うかがいたいことがございまして」

「ふむ。なんだ？」

お佐和はふところから朝顔の香袋を取り出した。

「これはたしか伯父上が……」

「はい。初めてこちらへお越しくださった折にちょうだいした物です」

「香袋がどうかしたか」

「実は猫の形をした香袋を作って売ろうかと思っておりまして」

権兵衛がうれしそうに手でひざを打つ。

「ほう、それはよい考えじゃ。愛らしい猫の香袋。俺も欲しいぞ」

「権兵衛様のお母上様は、香袋の作り方をご存じでしょうか」

権兵衛の顔から笑みがすっと引いた。

「もしや、母上に作り方を習いたいとかそういうことか」

「はい。その通りにございます」

「母上も香袋を持っておるし、作っているのを見たこともある。だがなあ……」

「なにか都合の悪いことでもあるんでしょうか？」

お滝が小首をかしげる。

「おかみさんが母上から作り方を習うと、俺についての話に花が咲くにきまっておろうが」

お駒がにやりと笑う。

「まあ、そうでしょう。ここぞとばかりにお母上は、福猫屋での権兵衛様のあれやこれやを、根掘り葉掘りおたずねになるに違いありませんよねえ」

「ぐあっ。そうであろう。想像しただけで鳥肌が立つ。でもなあ、おかみさんの力になってやりたいし。猫の香袋も欲しいし……」

「おかみさんには、お母上様に権兵衛様のことを話さないでもらえばいいんじゃないですかい」

「だめだっ！　口止めをしたことがばれたらまたお小言が……」

「権兵衛様はどうしてそんなにお母上様が怖くていらっしゃるんでしょうか」

「理由などない」

「ひょっとして、お母上様はいかつくていらっしゃるとか」

「ちょっと、忠さん。なんてことを」

忠兵衛が首をすくめる。

「すみません。だって権兵衛様があんまり恐ろしがっていらっしゃるもんで」

「お、俺の母上は美人だぞ。香袋の件は考えておく……」

「どうぞよろしくお願いいたします」

3

「本日はご足労くださいましてありがとうございます。福猫屋主の佐和と申します。どうぞよろしくお願いいたします」

お佐和は両手をつかえ深々と頭を下げた。緊張のあまり声が上ずっているのが自分でもわかる。

「梨野波留にございます。いつも権兵衛がお世話になりありがとうございます」

「権兵衛様にお世話になっておりますのはこちらのほうです。御礼申し上げます」

権兵衛の母波留は中肉中背で凛としたたたずまいの女子であった。息子の歳を考えると、五十くらいだと思われるが、ずっと若く見える。そしてなるほど権兵衛が言う通りなかなかの美人であった。

頼んだときには大変嫌がっていた権兵衛であったが、きちんと話をしてくれたらしく、福猫屋が休みの今日、波留が香袋の作り方を教えに出向いてくれたというわけだった。

「失礼いたします」

お縫が白玉と麦湯を持ってきたので、お佐和は波留にどうぞとすすめた。白玉をひと口食べた波留が目を細める。

「とてもおいしゅうございますね。権兵衛が申していたとおりです」

「ありがたいお言葉、おそれいります」

白玉を食べ終わった波留は、持ってきた風呂敷包みを開けた。

「まあ、かわいらしいこと」

お佐和は思わず声をあげた。手のひらに載るくらいの縮緬でできたウグイスとネズミが出てきたのだ。

「お手に取ってご覧ください」

波留に礼を言って、お佐和はウグイスを手にした。背中に花結びの打ち紐がついている。

目顔でたずねると波留がうなずいたので、お佐和はそっと打ち紐を引っ張った。白絹でできた内袋が現れる。

なんとこのウグイスは巾着なのだ。ネズミは腹の部分に紐が結ばれていて、こちらも巾着になっていた。

「猫の形にするのなら、大殿様がくだされた香袋より、綿を入れてふっくりさせたこちらの巾着のほうが良いと思うて」

「おっしゃるとおりです。ありがとうございます」

「では、さっそく作り方をお教えいたしましょう」

「はい。よろしくお願いいたします」

波留は畳の上に四枚の紙片を並べた。

「胴と羽、尾、口べりの型紙です。縮緬の裏には紙を貼《は》ります」

やはり型紙がいるのだとお佐和は思った。

「布は中表に縫い、表に返します。尾は先に作っておき、胴の表布を縫うときにはさんで一緒に縫います」

波留が、持ってきた縫いかけの布を示しながら説明してくれるのでとてもわかりやすい。

「胴の裏布も中表にしてこのように縫っておき、表布と合わせて四枚を一緒に縫い、コテで割って表に返すのです」

なるほど。こうやって作るのか……。

「胴に羽と口べりを縫い付けます。そして口べりに打ち紐を通してここをかがって、胴に綿を詰めます。くちばしと目は糸で作り、花結びをすれば出来上がり」

お佐和はわれしらずため息をついた。

「わかりにくかったでしょうか」

お佐和はあわててかぶりをふった。

「いいえ、違うのです。作り方がわかって、感心したのとうれしいのと両方で、ついため息が出てしまいました」

波留がほほえむ。

「それはよかった」

「これを猫で作るとなると。ウグイスのように背中に口がくるようにしようと思います。あ、でも首輪を結ぶつもりなので、そうすると背に紐があるより、こちらのネズミのようにお腹に口があるほうがいいかもしれない。うーん……」

お佐和ははっとした。

「すみません。ぺらぺらしゃべってしまって」

口に手を当て、波留がころころと笑った。

「よろしいのですよ。そんなに夢中になって考えていて、教えた甲斐があったというものです」

「お母上様」

「波留でかまいませぬ」

「では、波留様。猫の巾着ですが、背とお腹、口はどちらにあるのがよいと思われますか?」

「そうですねえ……」

波留が思案顔になる。

「どちらもそれぞれにかわいらしくて捨てがたい。いっそのことどちらも作るというのはどうですか」

「なるほど！　まずは両方こしらえて売ってみて、お客様に評判が良いほうを選べばいいですね。いくつか試しに作って、これぞという形を見つけたら正式に型紙にして……。あら、いやだ。またあたしったらひとり言みたいに。すみません。あのう、形が決まりましたら、権兵衛様におことづけいたしますので、ご意見をいただけるとありがたいのですが。ずうずうしいお願いで申し訳ございません」

「かまいませんよ。どうぞ権兵衛に持って帰らせてください。あ、それから、ひとつうかがいたいことがあります」

「はい」と言いながらお佐和は背筋を伸ばした。

「そんなに緊張しなくても大丈夫です。評判の良い巾着の形が決まっていざ作るという段になったとき、お佐和さんひとりでこしらえるのでしょうか」

お佐和ははっとした。今でも花巾着や首輪などをひとりで作っているので、猫の巾着まではとても手が回らない。

なんとかがんばったとしても、少ししか作ることができないだろう。波留に指摘されて気づくとは、うっかりにもほどがある。

「お恥ずかしいのですが、それをまったく考えていませんでした。ひとりではとてもできません。店の他の仕事もありますし、今作っている物で手一杯なんです。どうしましょう……」

お縫は裁縫があまり得意ではないし、他に頼める知り合いもいない。そうだ！

「だれか手伝ってくださる方に、波留様は心当たりがおありでしょうか。もちろんその方に給金はお払いいたします」

あっ、でも波留様のお知り合いといえばお武家様ばかりだろう。巾着作りのような賃仕事をしてくれる人がいるとは思えない。

お佐和は失礼なことを聞いてしまったと後悔した。そのとき、波留がにっこり笑った。

「私がたずねようと思うたのはまさにそのことなのです。久貝様のお屋敷のお長屋に住まう女子たちに、猫の巾着作りの内職をさせてもらえないでしょうか」

「はい、もちろんです！　ありがとうございます」

よかった……。お佐和は胸をなでおろした。

「久貝様はご大身ですが、お仕えする者の中には我が家も含め、軽輩もあまたおります。今のご時世、こう物価が上がりましてはいただくお扶持《ふち》だけで暮らしていくのはなかなか難儀。内職をと思うても、そこはそれ、なんでもよいとはまいりませぬ。しかし大殿様ごひいきの福猫屋の巾着作りでしたらだれにも文句は言われますまい。こう申してはなんですが、こちらにとっても好都合なのです。ありがとうございます」

武功で手柄を立てる折もない天下泰平の世では、扶持が減ることはあっても増えることはめったにないと聞く。また、お武家というのは体面もあって万事費《つい》えがかかるのだろう。

『武士は食わねど高楊枝《たかようじ》』の言葉通り、武家には武家の、いや、武家だからこその困窮があると思われた。庶民だろうが武家だろうが　身分にかかわらず生きてゆくのは大変ということだ。

「巾着の形が決まりましたら、まず私が十ずつこしらえましょう」

「ありがとうございます。それを店に並べ、売れ行きの良いほうの形を選ぶことにいたします」

「両方とも評判が良いやもしれませぬね」

「はい。その場合は両方を作っていただくことになるかと」

「わかりました。はじめは私ともうあとふたりで作り、売れゆきによって人数を増やすことといたします」

「縮緬と白絹の端切《はぎ》れ、打ち紐、糸がいりますね。巾着や座布団を作るのには、古着を買って使っているのですが、縮緬となると古着屋だと高くついてしまいます」

「お屋敷に出入りしている呉服屋にたずねてみましょう。なにかいい案があるやもしれませぬ」

「すみません。お願いいたします」

お佐和はふと、繁蔵に意地悪をした兄弟子の政吉が、多量に買うことで材料を安く手に入れ、安価な簪を作ったことを思い出した。縮緬の端切れもたくさん買えば安くなるのではないか。

「あのう、縮緬の端切れですが、たくさん買うと安くしてもらえると思うので、巾着の他にも何か作った物を売りたいんです。せっかく作ってくださる方が何人もいらっしゃるのですし」

「なるほど。内職が増えるのであればこちらもありがたい。さて、何を作って売るか……」

大きな物だと端切れをたくさん使うので、小さな物がいい。でも、そんな小さな物を何に使うのか……。

ああ、そうだ。使う物でなくてもいい。お佐和はウグイスとネズミの巾着をあらためて見た。

これらが巾着でなくても、欲しい人はいるだろう。綿が入っているからぷっくりしてかわいいし。

飾っておくだけでも……。お佐和は「あっ」と声をあげた。

波留が眉根を寄せるのもかまわずお佐和は勢い込んだ。

「綿を入れて、小さな猫を作るんです。それをいくつか紐でつないでつるすのはどうでしょう」

「かわいらしいとは思いますが、いったい何に使うのですか？」

「使わずに飾るんです」

「……つるして、飾る？」

「はい。つるし飾りとでも言いますか」

「つるし飾りねえ……。何につるすか」

お佐和は返事に窮した。そこまでは考えていなかったのだ。

「竹の棒……でしょうか」

「ふむ。竹ひごを弓なりにして飾りをつるし、真ん中に輪にした紐をつけて釘《くぎ》にでもかければよいか。長い竹ひごにすれば、何本もつるせるのう……」

波留が考え込む。

「……あるいは、竹ひごを輪にしてそれに飾りを何本もつるし、その輪に紐をつけて釘にかける。なかなか豪勢じゃ」

「猫だけではなく、毬とか花とかおめでたいものを作って一緒につるすのもかわいいかと……。本数によって安いのから高いのまで。お客さんがいろいろ選べてよいと思います。でも、竹ひごの細工ができる人は限られるでしょうから、そこが困るかもしれません」

波留が「ふふふ」と笑う。

「それがおるのですよ。知り合いに竹細工が得意な者が。亡き夫の友で、隠居の身ですから暇を持て余しているはず」

お佐和は思わず手を打った。

「ああ、なんてうれしいこと。そうだ。つるし飾りに使う猫や縁起物は、ご家中の方々にいろいろ作っていただいて、その中から良いのをいくつか選び、皆で作るというのはいかがですか？」

「そのほうが良いものができましょう。それならいっそのこと、猫の巾着もそういたしますか」

「はい。皆様のお知恵をお借りしたく存じます」

お佐和は財布から二両出し、懐紙で包んで波留のひざの前へ置いた。

「まずはこれで端切れや竹を皆様に用立ててくださいませ」

波留は一礼して包みを取り、懐にしまった。

「確かにお預かりいたしました。きっと皆が張り切るでありましょう。私も楽しみです」

「はい。あたしもわくわくしております。いろいろお手数をおかけし申し訳ございませんが、どうぞよろしくお願い申し上げます」

お佐和は波留に甘酒をすすめた。甘酒を飲むとなぜかふたりともため息をついてしまい、顔を見合わせて笑う。

「そういえば、猫さらいはその後どうなりましたか」

「うちは久貝家の皆様のおかげで無事に過ごせておりますが、近所では子猫がさらわれて、大騒ぎになっております」

「それは気の毒なこと」

権兵衛がずいぶん母親のことを怖がっていたので、お佐和もいろいろ不安だった。しかし、実際に会ってみると、ごく普通の人であることがわかった。

もっとも、思ったことをはっきり言うし、筋道を立てて話すので、少し厳しそうな印象は受ける。だが、頭ごなしに有無を言わさず叱るようにはあまり思えないのだった。

「波留様は猫がお嫌いでいらっしゃるとか」

「権兵衛がそう申していたのですね」

「はい。だから猫を飼うことができないと、権兵衛様は嘆いておられました」

「あと、私のことを、まるで鬼のように怖い母親だと聞かされているのではありませんか」

正直に答えていいのだろうか。でも、うそはつけないし。権兵衛様、ごめんなさい。

「……はい」

「やはりそうなのですね」

ほろ苦くてちょっぴり悲しそうな微笑を波留が浮かべる。

「確かに、幼いころから権兵衛には厳しくしてきたところがあります。権兵衛はのんびり屋といえば聞こえはいいのですが、ずっとぼーっとしている子どもだったのです。たとえば、日がな一日庭でしゃがんでアリの行列を見ているような」

なかなかほほえましい情景だが、親にしてみたらそうも言ってはいられないのだろう。

「いずれは夫のあとを継いで久貝家にお仕えし、梨野の家を背負《しょ》って立つ男子としてはあまりにも不甲斐ない。どうしても口うるさくなってしもうて……」

「あたしには子がいないのですが、いたらきっとしょっちゅう小言を言っていたと思います。親にしかできないことですものね」

「そうなのです。嫌われるのを承知で、それこそ心を鬼にして同じことをくどくどと。私だって、できるものなら言わずにすませたかった」

「権兵衛様は、波留様のことを怖がってはいらっしゃいますが、嫌っておいでではない気がいたします」

「そうでしょうか……」

「ええ、悪口は聞いたことがありませんし」

「それなら少し救われる気がします。お勤めはどうにかこなしているものの、大人になってもぼーっとしていて頼りないのは変わりがなく。もう歯がゆくてたまらず、つい小言を」

そういえば、お駒さんも権兵衛様のことを『いつも、しっかりしなって背中をどやしつけたくてたまらなくなっちまう』って言ってたっけ。

「猫のことにしても、私は別に嫌いではないのです」

「えっ、そうなのですか!」

「猫を飼って、権兵衛がこれ以上だらだら過ごすようになったらたまらぬと案じてのことです。むしろ好きなのですよ。実家ではずっと飼っておりましたし」

なんと、波留様の猫嫌いは、権兵衛様を心配するあまりの方便だったということなのか……。

「あのう、近ごろの権兵衛様は、猫を飼うことができないせいで、なんだかやけっぱちになっておられるようにお見受けするのですが」

波留が眉をひそめる。

「そうなのですか。もっとくわしく聞かせてください」

「はい。先日、大殿様にお仕えされている兵部様とおっしゃる方が、猫さらいを見張るために店に来てくださいまして」

「ほう、兵部様が。確か猫嫌いであられるはず」

「そうなのです。兵部様もご自分で猫は嫌いだとおっしゃっていたのですが、子猫のかわいさにころりとやられておしまいになり……」

「まさか」

「その、まさかでして。子猫を譲ってほしいとおっしゃり連れて帰られたのです」

「なんということ。信じられぬ」

「お客様たちもあたしも、すっかり驚いてしまいました」

「子猫、恐るべし」

「それで、その兵部様が延々と自慢話をした挙句、最後に、『そなたも猫を飼えばよいのに。かわいいぞ』でしめくくるのだそうで。『俺が飼いたくても飼えぬのを知っていながらだ。悔しいではないか！』と権兵衛様がおっしゃっておいででした」

「そのようなこと、ひと言も私には申さぬのですよ」

「波留様の猫嫌いを責めることになってしまうからではないでしょうか」

「うーん、それはいささか……。おそらく、言ったら私に小言を食らうと危惧したのだと思います」

「猫を飼いたいという権兵衛様の思いは、とても高まっておられるようなので、波留様が猫をお嫌いではないのなら、いっそのことうんと恩《おん》を着せて、飼うことを許して差し上げるのはいかがでしょう」

「ふむ。それも一案かもしれませぬ……。猫嫌いの母が清水《きよみず》の舞台から飛び降りる覚悟で飼うのを許すのだから、梨野家の家長として心を入れ替え、日々精進《しょうじん》せよとでも言うてやりましょうか」

「権兵衛様のことです。猫さえ飼えれば、何でもなさると思いますよ」

「では、子猫を一匹お譲りいただきたい」

あまりの急なことに、お佐和はとっさに言葉が出なかった。一方の波留は涼しい顔をしている。

「せっかく飼うのなら、私の好みの子猫をと思うて」

「承知いたしました。子猫たちを連れてまいりますので少々お待ちくださいませ」

お佐和は台所へ行き、猫たちの餌の用意をしていたお縫に声をかけた。

「お縫ちゃん、忙しいのに悪いけれど、子猫たちを座敷へ運ぶのを手伝ってちょうだい」

「はい、わかりました。いったいどうしたんですか」

「権兵衛様のお母上様が子猫を譲ってほしいんですって」

お縫が目を丸くする。

「権兵衛様がおっしゃってましたよね。お母上様は猫嫌いだって」

「それが方便だったのよ」

「ええっ」

「あとでゆっくり話してあげるわね。お母上様がお待ちかねだから、子猫たちを連れて行きましょう」

お佐和は手早く籠に子猫たちを入れた。ふふふ、皆ちっちゃいわねえ。すぐ大きくなってしまうけれど。

「香袋作りはうまくいきそうですか」

「ええ。とっても。あ、そうだ。香袋じゃなくて巾着を作ることになったの。あと、つるし飾り」

巾着も、もっと大きいのを作ろうか。子猫が入るくらいの。いや、でもそんな大きいのを縮緬で作ったら高くついてしょうがない。

じゃあもっと安い生地で作れば……。あ、いけない。波留様がお待ちかねなんだった。

お佐和はお縫と一緒に十二匹の子猫を座敷へ運んだ。

「まあ、どの子もよう肥えて毛並みも良い。お前たちはとても大切にされておるのですね。幸せだこと」

子猫に相好《そうごう》をくずしている波留を見て、権兵衛様の猫好きはお母上様ゆずりなのだなとお佐和は思った。

「ささて、どの子にいたそうか」

波留がキジトラの子猫をぱっと抱き上げた。

「この猫にいたします」

即断即決とは、さすがは波留様。権兵衛様ならきっと迷いに迷ってしまわれる気がする。

「そなた男《おのこ》じゃな。名は太郎《たろう》にいたそう」

「良い名をいただいてよかったわね」

お佐和は子猫の頭をなでた。

「そういえば、権兵衛様というお名はなにかいわれがあるのですか」

「ああ、あれは私の舅《しゅうと》、つまり権兵衛の祖父が名付けたのです。苗字が梨野なので『名無しの権兵衛』ということで」

お佐和とお縫は思わず顔を見合わせる。

「義父上《ちちうえ》は茶目っ気のある方だったのですよ」

「反対はなさらなかったのですか」

「由来を申せば必ず人に名を覚えてもらえるので、むしろよいかと思うて」

やはり波留様は豪傑だとお佐和はつくづく感心した……。

4

不思議なことに、文月《ふづき》に入ってから、猫がさらわれたという話を聞かなくなった。お盆が近いせいだとまことしやかに言われていたが、これは眉唾《まゆつば》ものである。

とにかく、福猫屋がある両国界隈では、猫の飼い主たちが久々におだやかな日々を過ごしていた。

そんなある日、お佐和は、瓦町《かわらまち》の表通りからひとつ入った仕舞屋《しもたや》に住まうお初《はつ》という女子の家を訪れていた。お初には半月前、サバトラの雌の子猫を譲っている。子猫が元気にしているかどうか、例によって抜き打ちで見に来たというわけだ。通された客間で待っていると、ほどなくお初が子猫を抱いて現れた。

「今日は突然お邪魔して申し訳ございません」

「いいえ、お気になさらず。暇を持て余しておりましたので」

お初の歳は二十三で、色白でほっそりした美人である。十六のときからさる商家の隠居の囲われ者として妾《めかけ》奉公をしていたが、半年前に隠居が病で亡くなったのだという。

隠居はお初をたいそう気にいっていたらしく、自分が死んだのちも面倒をみてやってくれと言い遺したとかで、暮らしの心配はないとのことだった。

子猫はお佐和のことを覚えていて、大喜びでひざに飛び乗った。

「あれあれ、千代《ちよ》。あんた、おかみさんのことを覚えていたんだねえ」

お初が優しいほほえみを浮かべる。千代は毛並みもよく、肥えていた。大切にされているのだろう。お佐和はほっとした。

「失礼いたします」

さっき玄関で応対をしてくれた女の子が茶菓を持って部屋に入って来た。歳は十二くらい。小柄で目が切れ長でかわいらしい。

女の子が襖を開けた途端、すかさずという感じで千代が部屋から抜け出したのでお佐和はほほえんだ。子猫にじっとしていろというほうが無理だ。

「妹のお静《しず》です。家のことをいろいろやってもらっているんです」

お静がはにかみながら頭を下げた。奉公に出る代わりに、姉の住まいで女中仕事をしているということなのだろう。

お静にしてみれば、よそへ奉公に行くのとは比べ物にならないくらい楽だろうし、お初にしても実の妹が側にいてくれるのは心が安らぐのではないか。

自分たち姉妹に置き換えて、お佐和はそんなことを思った。

お初とお静は十以上歳がはなれていることになる。お初はその名からしておそらく一番上。お静は末っ子だろうか。

お初が妾奉公を始めた七年前は五つかそこら……。ひょっとすると、お初は実家の暮らしを支えるために妾奉公に出たとも考えられる。

もしそうだとしたら、いろいろあったのかもしれないが、今は穏やかに暮らせているのがせめてものことだ。苦労が多かったであろうお初の心のなぐさめに、千代がなってくれるといいのだけれど……。

襖をカリカリ引っかく音がしたので、お静が開けると、千代が帰って来た。得意げになにかをくわえて引きずっている。

千代がお佐和の側へやって来てひざに頭突きをした。手に取ってみると、千代が持ってきたのはかわいらしい花柄の巾着であることがわかった。

千代が巾着とお佐和を交互に見つめる。

「え？　これ？」

試しに巾着の口を開いてみると、千代が飛び込んだ。中でくるくる回っておおはしやぎだ。

「まあ、かわいらしいこと」

顔を上げたお佐和は少し驚いた。お初とお静がぎょっとしたような表情を浮かべていたのだ。お佐和はあわてた。

「あら、ごめんなさい。千代が持ってきたものだから、つい。遊ばせちゃいけなかったのね。爪が引っかかりでもしたら、ほつれてしまうもの」

お佐和は千代を出して巾着をお初に返した。すると、千代は突然耳をぴんと立てたかと思うと〈にゃっ〉と鳴いて、ものすごい勢いで部屋から出て行ってしまった。

千代がいなくなったので、お佐和はそろそろ帰ることにした。

「千代はほんに元気だこと。かわいがっていただいてありがとうございます」

「これからも大切に育てますのでどうぞご安心ください」

「よろしくお願いいたします」

家の外まで出て送ってくれたお静にお佐和は軽く頭を下げた。

「末永く千代をかわいがってやってね」

「はい」と言いながらお静も会釈をする。

「そうそう。猫さらいにも気をつけてね」

お静のほおから血の気が引いた。お佐和はあわてた。

「ごめんなさい。おどかすつもりじゃなかったの。近ごろは猫さらいもなりをひそめてるみたいだからきっと大丈夫だけど、念には念を入れてってことで」

往来を歩きながら、お佐和はお静を怖がらせてしまったことを反省した。それにしても一瞬で顔色が変わってしまったけど……。

それだけ千代を大事に思ってくれているということなんじゃないかな。でも、そうだとしても……。

かすかな違和感がお佐和を捕らえていた。え？　いったいなに？　千代は元気にいたずらもしてたし、帰り際だって、あっという間に走って行っちゃって後追いもしなかったじゃないの。

あれって、なにかが聞こえてそっちのほうに行っちゃったってことよね。何が聞こえたんだろう。

ひょっとしてネズミかな。あ、でも昼間だしね。嫌だ、あたしったら。子猫のすることなんて、考えてもわかるわけがないじゃない。

さあ、早く帰って昼餉の支度をしないと。あ、そういえば、お静ちゃんもちょうどお昼の支度をしてたのよね、きっと。

だって、煮魚のにおいがしてたもの……。

「あっ！」と思わず声をあげてお佐和は立ち止まる。違和感の正体がわかった。

煮魚のにおいには醬油《しょうゆ》の香りが混じっていなかったのだ……。

「そりゃあいったいどういうことだい？」

イカと里芋の煮物を食べながら繁蔵がたずねる。

「お初さん家でかいだ煮魚のにおいに醬油の香りが混じってなかったってことは、醬油を使わないで魚を煮てたってことなんです」

「……味噌煮だったとか？」

「違うわよ、亮太。そういう調味料の香りはしなかったの」

「何も入れないで魚を煮てたってのは、ひょっとして猫の餌？」

「そうなのよ！　お縫ちゃん。お初さん、千代をもらうときに餌の作り方を聞いて帰ったもの」

「福猫屋からもらった子猫の餌を作ってたんだろ」

繁蔵の言葉に、お佐和はかぶりをふった。

「子猫はまだそんなにたくさん食べないんですよ。あのにおいなら、お鍋に一杯とか、かなりたくさんの魚を煮てたはず。だからきっとお初さんの家には他にも猫がいる。それも一匹や二匹じゃない。思えば千代が部屋から走り出たのだって、他の猫が呼んだのが聞こえたんじゃないかな」

「でも、お初さんが千代をもらうとき、家に猫はいないって言ってましたよね」

「ええ。だからそこがおかしいのよね。なにも隠す必要はないのに」

亮太が思案顔で言う。

「どうして隠したんですかね」

お佐和は一瞬迷ったが、自分が考えていることを話すことにした。

「お初さんの家にいる猫は、さらわれた子たちなんじゃないかと思うの」

皆が「ええっ」と声をあげた。

「自分でも突拍子もないことを言ってるのはわかる。でも、そうとしか思えないの。お初さんが猫さらいだと考えると、あたしが『猫さらいに気をつけて』って言ったとたんにお静ちゃんが真っ青になったのも説明がつくし」

「だとしたら、そのお初って女子はどうしてそんなことをしたんだ？」

「わからない。でも、さらわれた猫たちはあの家で元気に過ごしてるみたいだから、それだけでもよかった」

「お初が猫さらいだっていうお佐和さんの考えは、筋は通ってるが、決め手になるものがねえとこが弱いな」

繁蔵が腕組みをする。

「明日にでも、ちょっとその家へ行ってみるとするかな」

「親方、俺も行きます」

「亮太はだめだ。お前、ちょこちょこ店へ顔を出してるだろ。お初って女子と会ってるかもしれねえじゃねえか」

「えっ、たぶんそれはないかと」

「たぶんじゃいけねえ。向こうが警戒して、猫たちになにかしたら取り返しがつかねえんだぞ」

「はい、わかりました。親方はお初さんの家へ行ってなにをするんですか？」

「うまくいったら教えてやる」

次の日の朝、いつも朝餉を一緒に食べる繁蔵が、店を開ける刻限になってもやってこなかった。昨日言っていたように、お初の家へ行ったものと思われる。

お佐和は店で客の相手をしながら、やきもきしつつ繁蔵を待っていた。繁蔵が来たら知らせてくれるよう亮太に頼んでいたのだが、結局繁蔵が現れたのは昼餉を皆で食べているときだった。

「やっぱりあの家には猫がたくさんいるみてえだ」

「親方、忍び込んだんですか」

「馬鹿野郎。それじゃあ盗人《ぬすっと》じゃねえか。まあ、お前ならそうするんだろうが。俺はここを使ったんだよ」

繁蔵が自分の頭を人差し指でつつく。

「朝からお初の家を見張って、棒手振《ぼてふ》りの魚屋が来るのを待ってたんだ。猫の餌のために魚を買ってるんだったら、棒手振りが毎日出入りしてるはずだろ」

「頭いいですね、親方」

「今ごろわかったのか。それで、出てきた魚屋のあとをこっそりつけて、家から離れたところで聞いてみたんだ。『あの家に住んでる女子。いい女だが、独り身なのかい？』って。そしたら棒手振りが、『住んでるのは妾だが、旦那が半年ほど前に亡くなってしばらく独り身だったけど今は違うみてえだ』って言うんで、どうしてだって聞くと、『春くらいからだんだん魚をたくさん買うようになったから、男ができたんじゃねえか』ってさ。それが、イワシやアジなんかの安い魚ばっかり買ってるとこみると、男はあんまり金持ちじゃねえと思うみたいに言ってたな」

「イワシやアジっていうのはやっぱり猫の餌ね。調べてくださってありがとうございます、繁蔵さん」

「いや、いいってことよ。俺も面白かったたし。さて、これであの家に猫が何匹もいるとわかった。でも、さらってきたのかどうかはわからねえ。どうするかだな」

「あ、それはそうと、俺、ずっと不思議に思ってたんですけど、猫さらいってどうやって猫を連れて帰ったんでしょうか」

「抱いて帰ったんじゃ目立つか。じゃあ、懐に入れて帰ったんじゃねえか」

「じっとしてないと思うんですよ」

「懐手をして押さえてりゃ大丈夫」

「でも、怒って嚙まれたら、俺なら手をはなしちまいます」

「巾着に入れればいい。口を縛れば出てこられないから」

お縫の言葉にお佐和ははっとした。お初の家で花柄の巾着を見たのを思い出したのだ。しかも、千代が巾着に入って遊んだら、お初とお静がぎょっとしていた。

「お初さんの家で巾着を見たの！　子猫が入るくらいの大きさの！　きっとあれに入れて懐に……懐だと暴れたら目立つ。……あっ！　袂落《たもとお》とし！」

繁蔵たちがどよめいた。袂落としは襦袢《じゅばん》の襟にかけたひもの両端に小さな袋をひとつずつ結びつけて左右の袂に落としたもので、化粧道具や手拭などの小物を入れた。そうしてさげた巾着に猫を隠し袂ごと抱けば、子猫が暴れても目立たない。

やはり猫さらいはお初だったのだ……。

「あたしは、お初さんの妹のお静ちゃんに、単刀直入に聞いてみようかと考えてるんです。悪いようにはしないからほんとうのことを教えてくれって」

「そいつはどうだろうな。姉さんをかばうんじゃねぇのか」

「俺だったら、姉ちゃんが猫さらいだとは絶対言いません。だって、姉ちゃんが番屋へ連れて行かれたりしたら嫌ですから。お縫さんはどうですか？」

「あたしは、信用できる人にしなら打ち明けるかもしれない。だってお姉さんにこれ以上罪を重ねてほしくないもの」

あたしはあの子に信用してもらえるだろうか……。

店へ戻ったお佐和にお駒が笑顔で声をかけた。

「おかみさん。かわいいお客さんがいらしてますよ」

お佐和は驚いた。お静が座っていたのだ。

「おかみさんになにか話したいことがあるんですって」

お静が黙って頭を下げる。お佐和はお縫に店に出るように頼んで、お静を客間へ通した。

「お初さんにはちゃんと断って来たの？」

「今日はご隠居様の月命日なのでお墓参りに出かけています」

「そうなの。さあ、白玉をおあがりなさい」

「ありがとうございます。いただきます」

緊張している様子だったお静が、白玉をひと口食べて笑顔になる。子どもの笑顔はいいものだ。今さらながらお佐和は思った。

ひょっとしてお静は、猫たちのことを話しに来たのではないか。そうだとすれば願ってもないことだし、違っていても、こちらから猫の話をしてみよう。

白玉を食べ終わったお静がほうっと息をはく。

「今日訪ねて来てくれたのは、あたしに話があるからよね」

「はい」とお静が答える。

「家に猫がいっぱいいます。姉ちゃんがさらってきたんです」

ああ、やはりそうだったのか……。

「千代をもらってから、姉ちゃんは猫をさらわなくなりました。あたしは猫たちを元の家へ帰してやりたいんです。でも、姉ちゃんがお縄になるのは絶対に嫌だから。どうしたらいいかわからなくて」

ぽろりとお静の目から涙がこぼれ落ちる。

「昨日おかみさんに猫さらいに気をつけてって言われたとき、息が止まりそうになりました。おかみさんはきっとあたしの様子を変だと思っただろう。あと、姉ちゃんは巾着を袂落としにして、さらった子猫を入れて帰って来てたんですけど、千代がその巾着をくわえてきて、あたしと姉ちゃんの顔色が変わったのをおかみさんに見られもした。だから、姉ちゃんが猫さらいだってばれちゃったんじゃないか。そう思うと怖くて。でも、おかみさんは猫の味方だから、ひょっとしたら助けてくれるかもしれないとも考えたんです」

お佐和はお静の手をそっとにぎった。

「実はあたし、昨日帰りながら考えてて、もしかしたらお初さんの家に猫がたくさんいるんじゃないかと思ったの。でね、ひょっとしてお初さんがさらってきたのかもしれないなって。でも、お初さんは猫たちを大切に飼ってるのよね？」

お静がこくりとうなずく。

「あのね、お静ちゃん。お金や品物を盗めば罪になるけれど、猫は品物じゃないでしょう。それに猫さらいをお役人が捕まえようとしてるという話も聞かないし。だからお初さんはお縄になったりしないと思うのよ。でも、お初さんが猫さらいだっていうのは知られちゃいけない。あたしも言わないし、これから力を貸してもらう知り合いにも口止めをする。そして猫たちは誰にも見られないようにそっと家に帰すことにしよう。あたしはお静ちゃんの味方だからね、安心して」

「……ありがとうございます。猫はどうやって返すんですか？」

「それは今から考える。でも、お静ちゃんが話しに来てくれてよかった。がんばってえらかったね」

お佐和はそっとお静の頭をなでた。お静がしくしく泣き始める。

お静を家まで送って行ったお佐和は、お初と話をすることにした。お初はお静がお佐和に付き添われて帰って来たことで、事態を察し、観念もしたように見受けられる。

「お静ちゃんがお初さんのことを案じて、あたしに打ち明けてくれました。どうして猫をさらったりしたんですか？」

お初はくちびるをかみしめうつむいていたが、やがて顔を上げた。目に涙が浮かんでいる。

「ご隠居さんが亡くなったのが寂しくて、それで猫を飼いたくなってしまったんです。子どものころ、猫が家にいたことがありました。ちっちゃくてふわふわでかわいい猫。思い出したらもうたまらなくなった」

「それならば、野良猫を拾えばよかったのに。なぜ人様の猫に手を出したの？」

「野良猫はやせてたりするから、飼っても弱くてすぐに死んでしまったらどうしようと。あたし、もう死ぬのを見るのは嫌だった。だから丈夫そうな飼い猫をさらってしまいました。でも、猫たちをかわいがっているうちに、こんなにかわいい子がいなくなったんじゃ、飼ってた人はうんとつらいだろうと最近になってやっと気づいたんです。自分が悲しくて寂しいからってしたことが、他の人に同じような思いをさせている。これではいけない。そして、福猫屋さんで猫をもらえることも知りました。だからもう猫をさらうのはやめようと決心したんです」

妾奉公とはいえ、ご隠居とお初さんはお互い大切に思い合っていたのだろう。連れ合いを亡くす悲しみも寂しさも、お佐和にはよくわかる。

自分は猫に救われたが、お初もまたさらった猫に慰められたのだ。それが許されないことだとしても……。

それにあのころ、自分はどこかおかしかった。心がこわれていたのかもしれない。だとすると、お初の行いも心を病んでいた気鬱の病ゆえのものだったとも考えられる。

「それで、お初さんは猫たちをどうしたいの？」

「元の家に帰してやりたいです。でも、あたしが猫さらいだってばれたらお静の身に災いがふりかかると思うと怖くて……」

「お静ちゃんにも話したんだけど、猫たちはそっと返しましょう。そしてお初さんが猫さらいだったことも内緒にする。これは全部お静ちゃんのためにそうするの」

お初がうなずいた。

「だけど、もう二度と猫をさらったりしないと約束してちょうだい。あと、自分がどんなに悪いことをしたか反省すること。お静ちゃんとふたりで、一生懸命生きること」

「はい、わかりました。ありがとうございます。……ほんとうにごめんなさい」

お初の目から涙がこぼれ落ちる。

次の日、店に来ていたお年寄りたちを、お佐和は客間へ通した。

「実は、猫さらいが誰だかわかったんです」

皆が「ええっ！」と驚きの声をあげる。

「連れ合いを亡くした若い女子が寂しくてたまらなくなり、どうやら気鬱の病もあって猫をさらったようなのです。さらって、ひたすら猫たちをかわいがっていました。それで今はそのことをとても反省していて、どうにかして猫を返したいと思っているんです」

「猫は皆無事だったんだね。よかった……」

「そういうことなら黙ってそっと返しちまえばいいんだよ。病がさせたことなんだからさ」

「あたしも同じように思ったんですが、どうやって返すかよい方法が考えつかなくて。そこで皆さんにご相談を……」

お年寄りたちの顔がぱあっと輝いた。

「いなくなったものが帰ってくるとなれば、これはもう昔っから、神隠しが相場だよな」

「そうそう。猫だから猫神様だ」

「あ、回向院《えこういん》はどう？　神社じゃなくてお寺だけど。猫塚があるじゃない」

「それがいいと思うわ」

「飼い主が回向院にやって来ると自分の家の猫がいて、大喜びで連れて帰る。猫はつないでおかねえとな。逃げちまうと困る」

「木戸が開いたら回向院へ行って猫を木につなぐだろ。そして飼い主が朝五つに参拝することにしたらちょうどいいんじゃないか」

「どうやって知らせるの？」

「『何日の朝五つに回向院の猫塚に参拝すれば、きっと猫は帰ってくるであろう　他言無用《ごんむよう》』ってな投げ文《ぶみ》をするのさ」

「文を投げるのは亮太ちゃんの役目だ」

「若い子じゃないとね」

「肝心の猫がさらわれた家っていうのはわかるのかい？」

「あたしの知り合いに聞けばだいたいはわかると思う」

「あたしも」

「じゃあ、お滝さんが聞いた分とあたしが聞いた分を突き合わせればきっと大丈夫だよ」

あまりの急な展開についていけず、お佐和は目が回りそうだった……。


お駒とお滝がそれぞれ知り合いに聞いて、猫がさらわれた十四軒の家は全部判明した。そして左手でも文字が書けるという徳右衛門が左手で文を十四枚書き、手拭でほおかむりをした亮太が、一日で回って猫さらいにあった家々へ投げ文をした。

投げ文をした三日後の明け六つ、お佐和、亮太、お縫、由太郎、権兵衛の五人は、お初の家へ行き、籠に猫を入れて背負った。繁蔵とお年寄りたちは直接回向院へ行って見張りをしている。

お初とお静がおいしい餌を食べさせておいたので、満腹の猫たちは、皆、ぐっすり眠りこけていた。お佐和たちは筒袖《つつそで》の着物に股引《ももひき》をはき、ほおかむりをして風体がわからないようないでたちをしている。

回向院に着いて猫塚に行くと、四人のお年寄りたちが薄暗がりからわき出てきたので、お佐和はびっくりして声をあげそうになり、あわてて手で口を押さえた。

「あたしたちも手伝うから早く籠をおろして」

お佐和は籠から一匹猫を出し、用意してきた紐を首輪に結び、近くの木の枝につないだ。他の者たちも無言で猫を木々につなぐ。

繁蔵はくしゃみが出るとまずいので、離れたところで見張りを続けている。九人で手分けをしたため、あまり時をかけずに十四匹の猫をつなぐことができた。

お佐和はほっとして大きく息をついた。あとは物陰に隠れて見守るだけだ。

お佐和はすぐそばにいる三毛猫の頭をなでた。たちまち猫がのどを鳴らす。

猫はよく肥えて毛並みも良く、人懐っこい。十四匹が皆そうだった。よっぽどお初がかわいがっていたのだろう。

でも、どんなにかわいがられても、元いた家に帰るほうがいいに決まっている。さらわれた家は皆、あきらめきれずにいまだに猫を探していると聞く。

お初に同情すべきところはあるが、お初のしたことで大勢の人々が嘆き悲しみ苦しんでいるのはまぎれもない事実であった。しかし、その罪を断じるなど、お佐和にはとても無理だ。

ほんとうはどうするのが一番良かったのかはお佐和にはわからない。ただ、猫とその飼い主が少しでも幸せであるようにと願っているのだけは間違いなかった。

お佐和はお縫と一緒に猫塚から少し離れたお堂の陰にしゃがんだ。他の者たちも皆どこかにひそみ、猫塚の周りには誰もいない。

突然、一匹の猫が〈にゃーお、にゃーお〉と鳴き出した。前足で紐を引っ張り、首輪からはずそうとしている。

すると、他の猫たちも、鳴きながら首を振ったり、くるくる回ったり、木に首をこすりつけたりして、紐から逃れようとし始めた。無理もない。どの猫も今までつながれたことなどなかっただろうから。

猫たちが鳴きやむ様子はなく、それどころか紐が簡単にははずれないとわかると、無茶苦茶に暴れる猫も出始めた。

困った……。紐がからまって猫の首がしまるかもしれないし、怪我をするかもしれない。

それになにより、猫たちの鳴き声を聞きつけて、不審に思った誰かがやってきたらどうしよう……。

隣でしゃがんでいるお縫と顔を見合わせる。お縫もあせりをおぼえているらしいのがわかった。

早く、早く迎えに来て！　お佐和は心の中で顔も知らない飼い主たちに必死で呼びかけた。

「タマっ！　そこにいるのは、タマだよなっ！」

男の声がして、お佐和ははっと顔を上げた。四十前くらいの男が、ハチワレ猫に駆け寄る。

猫が〈うにゃん！〉と声をあげた。

「タマっ！　タマっ！　お前、無事だったんだな！　大きくなって……ああ……タマ」

男はしゃがみ込むとタマを抱きしめた。肩が震えているのは、おそらく泣いているのだろう。

しばらくして、男ははっと我に返り、タマを地面におろすと猫塚に参った。

「ありがとうございます。ほんとうにありがとうございます……」

参拝を終えた男は木の枝から紐をはずし、自分の左手首にしっかり結ぶとタマを抱いた。

「さあ、帰《けえ》ろう。皆待ってる。タマ、今日は鯛《たい》を食わせてやるからな。お祝いだ！」

男がタマにほおずりをする。タマが男の顔中をなめまわした。

大勢の人たちがやってくる気配がする。猫の鳴き声がするからだろう。皆が口々に叫んでいた。

「ミケ！　そこにいるのかい？」「シロ！　無事なのか！」「チビや！　あたしのチビ！」

タマの飼い主の男が、大声で叫んだ。

「おおい！　こっちだ！　木にたくさん猫がつながれてるぞ！」

人々の間から歓声が上がった。そしてもうあとは無茶苦茶だった。

皆が口々に自分の飼い猫の名を呼びながら走り出したのだ。そして木につながれている猫たちに突進した。

ある者は笑い、ある者は泣き……。ただひとつ、大切な猫を抱きしめているのだけは皆、同じだった。

猫たちを無事に飼い主の元へ戻すことができてほんとうによかった。お佐和の目から涙があふれた……。

○主な参考文献

『猫の古典文学誌　鈴の音が聞こえる』著：田中貴子　講談社（講談社学術文庫）
『江戸の卵は1個400円！　モノの値段で知る江戸の暮らし』著：丸田勲　光文社（光文社新書）
『大江戸商い白書　数量分析が解き明かす商人の真実』著：山室恭子　講談社（講談社選書メチエ）
『伝承の裁縫お細工物　江戸・明治のちりめん細工　日本玩具博物館所蔵』著：日本玩具博物館　雄鶏社

本書は文庫書下ろし作品です。

|著者|三國青葉　神戸市出身、お茶の水女子大学大学院理学研究科修士課程修了。2012年「朝の容花《かおばな》」で第24回日本ファンタジーノベル大賞優秀賞を受賞。『かおばな憑依帖』と改題しデビュー。著書に『かおばな剣士妖夏伝　人の恋路を邪魔する怨霊』『忍びのかすていら』『学園ゴーストバスターズ』『心花堂手習ごよみ』『学園ゴーストバスターズ　夏のおもいで』『黒猫の夜におやすみ　神戸元町レンタルキャット事件帖』など。本シリーズのほか近著に、幽霊が見える兄と聞こえる妹の物語を描いた「損料屋見鬼《けんき》控え」シリーズがある。

福猫屋《ふくねこや》　お佐和《さわ》のねこかし

三國青葉《みくにあおば》

講談社文庫
定価はカバーに
表示してあります

2023年2月15日第1刷発行

KODANSHA

発行者——鈴木章一
発行所——株式会社　講談社
東京都文京区音羽2-12-21　〒112-8001
電話　出版（03）5395-3510
　　　販売（03）5395-5817
　　　業務（03）5395-3615
Printed in Japan

デザイン—菊地信義
本文データ制作—講談社デジタル製作
印刷———株式会社KPSプロダクツ
製本———株式会社国宝社

ISBN978-4-06-530858-5

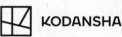

講談社文庫刊行の辞

二十一世紀の到来を目睫に望みながら、われわれはいま、人類史上かつて例を見ない巨大な転換期をむかえようとしている。

世界も、日本も、激動の予兆に対する期待とおののきを内に蔵して、未知の時代に歩み入ろうとしている。このときにあたり、創業の人野間清治の「ナショナル・エデュケイター」への志を現代に甦らせようと意図して、われわれはここに古今の文芸作品はいうまでもなく、ひろく人文・社会・自然の諸科学から東西の名著を網羅する、新しい綜合文庫の発刊を決意した。

激動の転換期はまた断絶の時代である。われわれは戦後二十五年間の出版文化のありかたへの深い反省をこめて、この断絶の時代にあえて人間的な持続を求めようとする。いたずらに浮薄な商業主義のあだ花を追い求めることなく、長期にわたって良書に生命をあたえようとつとめるところにしか、今後の出版文化の真の繁栄はあり得ないと信じるからである。

同時にわれわれはこの綜合文庫の刊行を通じて、人文・社会・自然の諸科学が、結局人間の学にほかならないことを立証しようと願っている。かつて知識とは、「汝自身を知る」ことにつきていた。現代社会の瑣末な情報の氾濫のなかから、力強い知識の源泉を掘り起し、技術文明のただなかに、生きた人間の姿を復活させること。それこそわれわれの切なる希求である。

われわれは権威に盲従せず、俗流に媚びることなく、渾然一体となって日本の「草の根」をかたちづくる若く新しい世代の人々に、心をこめてこの新しい綜合文庫をおくり届けたい。それは知識の泉であるとともに感受性のふるさとであり、もっとも有機的に組織され、社会に開かれた万人のための大学をめざしている。大方の支援と協力を衷心より切望してやまない。

一九七一年七月

野間省一